Alexander
Fest
Verlag

Andreas Schäfer

Auf dem Weg nach Messara Roman

Alexander Fest Verlag

Alle Figuren und Ereignisse,
die in diesem Buch vorkommen,
sind frei erfunden. Ähnlichkeiten mit
toten oder lebenden Personen
oder tatsächlichen Ereignissen
sind zufällig.

Hörst du mir zu? fragt meine Mutter.

Ich warte darauf, daß sie weiterredet, aber sie schweigt. Ich presse das schnurlose Telefon ans Ohr und schweige auch. Beide warten wir auf ein Zeichen, sie in Messara und ich in Berlin, an der Fensterbank meines Wohnzimmers lehnend, einen alten Ledersessel im Blick und den Tisch vom Trödel, auf dem sich Rechnungen und Werbeprospekte stapeln. Dann wiederholt sie:

Dein Großvater ist tot.

Ihre Stimme klingt matt und zugleich stolz, und sie ist so nah, daß ich für einen Moment glaube, meine Mutter sitze auf meinem Bett im Raum nebenan.

Er hat noch einmal die Augen aufgerissen und an die Decke geschaut. Seine Augen haben geleuchtet, als hätte er in einem Baum einen Vogel entdeckt.

Das ist schön, sage ich zögernd.

Ja, das war wirklich schön. Es war still im Zimmer, er lag in meinen Armen, und ich hielt seine Hand, und plötzlich ist aus seinen Eingeweiden ein Knurren gekommen. Ein fürchterliches Knurren. Angeliki ist so erschrocken, daß sie in die Küche gerannt ist.

Meine Mutter hält kurz inne, und ich frage:

Hast du Angst gehabt?

Angst? Nein. Wieso sollte ich? sagt sie, offenbar gekränkt, daß ich sie unterbrochen habe.

Ich gehe vom Fenster in die Mitte des Zimmers, bis ich durch die Tür mein Bett mit der gemusterten Decke sehe, die ich vor Jahren von einer griechischen Insel mitgebracht habe. Der Arm, der das Telefon hält, hat angefangen zu kribbeln, als steige eine in den Knochen sitzende Taubheit auf, und ich nehme den Hörer in die andere Hand.

Und dann? Was ist dann passiert? Nachdem Panajotis' Eingeweide geknurrt haben, meine ich?

Ich weiß, daß ich nicht den richtigen Ton treffe, aber ich will, daß meine Mutter das, was sie mir sagen wollte, auch zu Ende bringt.

Na ja, sagt sie unbeteiligt. Er ist gewachsen.

Gewachsen? Was soll das heißen?

Seine Beine sind länger geworden. Sein Körper hat sich entspannt.

Sie schweigt. Erst nach einer Weile sagt sie:

Du mußt nicht kommen, wenn du nicht willst, Marko.

Natürlich komme ich.

Wir schaffen das auch allein. Angeliki hilft mir, wo sie kann. Es ist deine Entscheidung.

Aber ich will kommen.

Gut. Das freut mich.

Ja, sage ich, und erst in diesem Moment, während ich neben dem Bett die Lampe mit dem goldenen Kugelkopf sehe, ist die Nachricht von Panajotis' Tod in meinem Bewußtsein angelangt.

Ich versuche mir vorzustellen, wie meine Mutter die Hand auf das Gesicht ihres Vaters legt, um seine Augen zu schließen, aber das Bild bleibt fremd wie aus einem Film, der mich nicht berührt, und ich kann mir nicht einmal Panajotis' Züge ins Gedächtnis rufen. Gern würde ich etwas Tröstendes sagen, etwas, das harmlos und einfach klingt, aber ich finde keine Worte. Statt dessen fällt mir das dämmrige Wohnzimmer ein, in Panajotis' kleinem Haus, das noch aus der Türkenzeit stammt und aus dem meine Mutter jetzt telefoniert. Das Sofa mit den durchgesessenen Bezügen, der Eßtisch, der von einer Plastikfolie bedeckt ist, der alte Sony-Fernseher und darüber, auf einem an der Wand befestigten Brettchen, das ewige Licht.

Was machst du gerade? fragt sie.

Aufräumen. Und dann wollte ich zur Arbeit.

Um diese Zeit? Fährst du etwa auch abends?

Selten, nur wenn niemand anders kann.

Wie ein Taxifahrer!

Daran wirst du dich gewöhnen müssen.

An manche Dinge kann man sich nie gewöhnen, sagt sie kühl, und ich merke mit Erstaunen, daß mich ihr Unmut erleichtert.

Hast du was zum Anziehen?

Keine Sorge, ich komme nicht in Jeans, sage ich, und sie erwidert schnell:

Wir haben eine Hitzewelle. Bis achtunddreißig Grad. Der Ventilator läuft die ganze Nacht, aber es ist kaum auszuhalten.

Hier ist es auch heiß.

Ja, hab ich in den Nachrichten gehört. Griechische Verhältnisse, was?

Gewissermaßen, sage ich, und dann ist auch die letzte Möglichkeit verstrichen, ihr mein Mitgefühl zu zeigen, denn meine Mutter sagt leichthin, sie müsse mit Angeliki noch in die Stadt und außerdem mit ihren Brüdern telefonieren. Mir fällt der Satz ein, den sie zu Beginn des Gesprächs so feierlich betont hat: Du wirst der einzige Enkel sein, und ich frage sie, warum Stéphane und Katharina nicht zur Beerdigung kommen.

Bitte? Ach so. Keine Ahnung. Da mußt du deine Tante fragen.

Meine Mutter gibt sich keine Mühe mehr, ihre Ungeduld zu verbergen, und während ich vor dem offenen Kleiderschrank stehe und meine Hand über die Jacketts und die an Bügeln aufgehängten Hosen gleiten lasse, beenden wir das Gespräch.

Noch vor gar nicht langer Zeit verband meine Mutter und mich eine schlafwandlerische Selbstverständlichkeit. Sie rief, ich kam. Damals war ich gerade von Hamburg nach Berlin gezogen, und sie blieb manchmal monatelang in Athen, um sich um die Häuser ihrer Kunden zu kümmern, Häuser, die sie mit funktionalen Küchen, raffinierten Beleuchtungssystemen und zum Charakter der Räume passenden Möbeln ausstattet. Sie meldete sich und sagte:

Na, was treibt mein Sohn Wichtiges in Berlin?

Studieren.

In den nächsten Tagen was Wichtiges vor?

Eigentlich nicht, sagte ich, und dann räusperte sie sich, und ihre Stimme wurde vertraulich.

Ich brauche deine Hilfe, ich hab hier ein Problem.

Meistens hatte sie schon einen Flug gebucht, nannte die Abflugzeit und erklärte mir, plötzlich fahrig, worum es ging. Was ich genau zu tun hatte, erfuhr ich erst in Athen,

aber das störte mich nicht, denn zu diesen übereilten Reisen paßte das Geheimnisvolle gut.
Ich glaube, daß ich Griechen täuschen kann, solange ich nicht mehr als drei Sätze sage. Mein griechisches Kostüm sitzt perfekt. Die Art, wie ich, statt zu antworten, kurz die Braue hebe oder wie ich das griechische Geld anfasse, die lappigen, oft eingerissenen Drachmenscheine, die ich nie im Portemonnaie, sondern immer nur lose in der Hosentasche mit mir herumtrage, zu kleinen Streifen gefaltet oder in Bündeln wie ein Kellner. Gerade weil die Drachme so schwach ist, wechseln ständig große Scheine den Besitzer, werden über Tresen gereicht, auf Glastische gelegt, in Hände geschoben, bei jedem Orangenkauf wird getan, als handele es sich um eine stattliche Transaktion, und wenn die Bündel auch nicht viel wert sind, fühlt man sich mit vierzigtausend Drachmen in der Tasche doch wesentlich reicher als mit den umgerechnet zweihundertfünfzig oder dreihundert Mark. Die Note hängt zwischen den angewinkelten Fingern, ausgestellt und doch verdeckt, nimm! da! laß es dir gutgehen!, aber schnell, bevor ich es mir anders überlege!
Meine Verwandlung in einen solchen Hilfsonassis vollzog sich regelmäßig in der Luft, ohne daß ich sagen könnte, wie es genau geschah, und nach der Landung steuerte ich in der Empfangshalle des Flughafens als erstes einen Bankschalter an, schob vier- oder fünfhundert Mark unter dem Panzerglas durch, und der Bankangestellte schob mir, ohne mich eines Blickes zu würdigen, sechzig- oder achtzigtausend Drachmen zurück. Dann stand ich vor dem Flughafengebäude, die Hand mit dem Geld in der Hosentasche, und schaute: Wie die Touristen ihre Koffer schleppten. Wie

die Taxis vorfuhren. Wie die Fahne der Europäischen Union über der verbrannten Rasenfläche flatterte. Ich hob den Arm und machte mit der Hand eine winzige Bewegung, und einen Lidschlag später ließ ich mich auf die klebrige Rückbank eines Taxis fallen. Aber sobald ich den ersten zusammenhängenden Satz gesagt hatte, war es mit der Täuschung vorbei. Der Fahrer bemerkte den Akzent: Woher kommst du? Ah, Deutschgrieche! Und das Verteidigen und Bewerten begann, das Besser oder Schlechter, das Griechisch oder Deutsch.

Meine Mutter war durch Zufall zum Einrichten gekommen. Sie hatte als junges Mädchen Messara verlassen, um in Hannover Innenarchitektur zu studieren, aber nach dem Tod meines Vaters – ich war noch ein Säugling – zog sie nach Hamburg, in die Nähe ihres älteren Bruders Makis, und arbeitete als Verkäuferin in einem Küchenladen. Sonntags besuchte sie den Gottesdienst der griechisch-orthodoxen Gemeinde, und einmal kam nach der Zeremonie ein älterer Herr auf sie zu und fragte, ob sie ihm nicht bei der Einrichtung seines Hauses helfen wolle. So ergab sich das eine aus dem anderen, und meine Mutter begann, die Villen und Bungalows und Restaurants Hamburger Griechen zu gestalten. Sie stellte sich einen Schreibtisch in ihr Schlafzimmer, und wenn ich nach der Schule in mein Dachzimmer unserer Reihenhaushälfte hochging, sah ich sie über Pläne und Kataloge gebeugt, das Lineal oder den Zeichenstift zwischen den Lippen. Der Hamburger Markt war bald gesättigt, und als meine Mutter glaubte, mich allein lassen zu können, nahm sie auch Aufträge in Griechenland an, denn jeder im Ausland zu Geld gekommene Grieche baut früher oder später ein Haus in seiner Heimat. Für sich selbst baute

sie zwar keines, dafür kaufte sie – als sie genug Geld beisammen hatte – eine Wohnung im Zentrum von Athen mit Blick auf den bewaldeten Hügel Filopappou.
Manchmal ließ mich meine Mutter nach Griechenland einfliegen, weil eines ihrer Firmenautos, das, um den Zoll zu umgehen, in Deutschland gemeldet war, wegen irgendwelcher Fristen außer Landes geschafft werden mußte. Wenn ich Pech hatte, saß ich also, wenige Stunden nachdem ich griechischen Boden betreten hatte, in ihrem alten BMW oder dem dunkelblauen Saab und raste über die Autobahn nach Norden Richtung Grenze. Interessanter war es, wenn sie in meiner Begleitung ein Geschäft abschließen wollte. Bei kniffligen Verhandlungen war ich für sie eine Art Rückhalt, obwohl ich weder viel zu tun noch viel zu sagen hatte. Die Unternehmer, Firmenbesitzer, Familienvorsteher, die sich von ihr ein Gebäude einrichten ließen, brachten ihr zwar Bewunderung entgegen, doch wenn es ums Geld ging, schlug sie schnell in Verachtung um. In meiner Anwesenheit hielten die Männer ihre Verachtung etwas zurück, besser gesagt, sie lenkten sie auf mich um, was für meine Mutter, zumindest in finanzieller Hinsicht, von Vorteil war.
Einmal flogen wir, kaum war ich in Athen gelandet, mit einem winzigen Propellerflugzeug nach Rhodos weiter, wo wir einen Pelzhändler treffen sollten, der nicht nur in München, sondern auch in Rhodos-Stadt ein gutgehendes Geschäft betrieb und in seinem Heimatdorf eine Villa sowie am Rande der Stadt eine riesige Halle mit Lager und Kürschnerwerkstatt baute. Der Laden lag an einer Verbindungsstraße zwischen dem Hafen und der mittelalterlichen Altstadt, und vor dem Haus parkten ein Mercedes-Jeep und

ein schwarzes BMW-Cabrio, beide mit Münchner Kennzeichen. Man empfing uns hinter dem Ausstellungsraum im Büro. Der Pelzhändler blieb hinter seinem Schreibtisch, erhob sich aber kurz, um uns die Hand zu geben. Neben ihm stand ein dünner Mann von ungefähr dreißig Jahren. Er trug einen schmalen Schnurrbart und ein rotes Poloshirt von Lacoste. Das mußte der Cabriofahrer sein. Wir erkannten und haßten uns sofort, zwei Söhne im Schatten erfolgreicher Geschäftemacher. Auf kindisch-forsche Weise streckte ich ihm die Hand entgegen, was zu meiner Taktik gehörte, und er lächelte.

Nach ein paar Floskeln war man beim Thema, was mich erleichterte, denn meine Mutter beherrschte das unverfängliche Gespräch, das nichtssagende Hin und Her nicht besonders gut und geriet leicht ins Dozieren. Es ging um folgendes. Erstens: die Einrichtung der Villa. Zweitens: die Präsentation eines Angebots für die Raumaufteilung und Gestaltung der Lagerhalle, Werkstätten und Empfangsräume. Den Auftrag für die Einrichtung der Villa hatte meine Mutter in der Tasche, aber daß sie den Zuschlag für die Halle erhalten würde, stand noch nicht fest. Das Büro, in dem wir saßen, war vom ästhetischen Gesichtspunkt her eine Katastrophe. Die niedrige Holzdecke drückte auf den Raum, an der Wand hingen ein paar ausgebleichte Werbefotos von Mädchen in Pelzen, und der Schreibtisch war ein dunkles Furnierholzungetüm. Als der Pelzhändler sich kurz mit seinem Sohn unterhielt, sah sich auch meine Mutter schnell im Zimmer um.

Wir begannen mit der Villa. Gemäß ihrer bewährten Dreischrittmethode schlug meine Mutter dem Pelzhändler erst eine klassisch-moderne, also eine mitteleuropäische Ein-

richtung vor. Während sie sprach, hatte ich den Aktenkoffer auf den Knien und reichte ihr im richtigen Moment die entsprechenden Zeichnungen oder Kataloge, die sie dem Pelzhändler vorlegte. Der Pelzhändler beugte sich über die Abbildungen, über den Pelzhändler beugte sich dessen Sohn und nickte, als würde er die Modelle und Designlabels alle kennen. Meine Mutter schlug vor: Das ganze untere Geschoß ein Raum auf zwei Ebenen. Offene Küche mit Arbeitsflächen aus Marmor. So wenige Möbel wie möglich. Unten an der fensterlosen Seite in die Wand eingelassene Regale, die man mit asiatisch anmutenden Schiebetüren auch zum Verschwinden bringen könne. In der Mitte, mit Blick über die Ebene, eine L-förmige Couchgruppe, aus Schaumstoff gefertigt, Farbe Steppe. Zur Auflockerung vielleicht ein oder zwei byzantinisch wirkende Stehlampen. Der Effekt sei der: Das Beigegrau der Sitzgruppe korrespondiere mit dem Beigegrau der Felsen. Überhaupt habe die Leere vor allem den Sinn, daß sich die Landschaft durch die Fensterfront ins Haus hinein fortsetzen könne.
Der Pelzhändler betrachtete ausgiebig die Abbildungen.

Ein bißchen spartanisch, finden Sie nicht?

Das ist ungefähr Bauhaus. Nicht original, aber vom Geist her, sagte meine Mutter. Sie wollten doch etwas mit Stil, oder?

Ja, natürlich. Mit Stil, sagte der Pelzhändler, warf ihr einen mißtrauischen Blick zu und versenkte sich wieder in die Zeichnungen.

Wenn Ihnen die Leere angst macht, können Sie hier selbstverständlich eine oder auch zwei Säulen einziehen.
Sie warf mit dem Bleistift ein paar Striche aufs Papier und deutete ein dorisches Kapitell an. Als würde er magnetisch

davon angezogen, blieb der Blick des Pelzhändlers an den Schnörkeln kleben.

Griechische Säulen, das ist gut.

Er tippte mit dem Zeigefinger auf die Zeichnung.

Das halten wir fest.

Mister Lacoste nickte ebenfalls. Ich hatte hinter dem aufgeklappten Deckel des Koffers längst die italienischen Prospekte griffbereit und wartete darauf, daß meine Mutter mir ein Zeichen gab.

Gut, hier ist etwas mehr Farbe im Spiel, sagte sie, und innerhalb der nächsten Minute entwarf sie einen Raum, der aussah wie das Innere eines Cafés, das Mitte der achtziger Jahre modern gewesen wäre. Schwarzweiße Bodenkacheln, viel Glas und weiches, buntes Leder, umgeben von pseudoweltmännischem Nippes: fellbezogene Elefantenfüße als Sitzhocker, ausladende Truhen und Spiegel mit verschnörkelten Rahmen. Ich fand, sie ging zu weit, die Einrichtung war entschieden zu schwül.

Das gefällt mir. Wirklich. Das gefällt mir wirklich gut, sagte der Sohn.

Meine Mutter ging noch einen Schritt weiter und bot den beiden ein gelbes Ledersofa an.

Das hat Klasse, rief der Sohn.

Das ist Firlefanz, sagte der Pelzhändler, fixierte meine Mutter argwöhnisch, und ich beeilte mich, die griechischen und spanischen Prospekte hervorzukramen.

Und schon entfaltete sie das, was sie griechisches Panorama nannte, vor den auf Anhieb begeisterten Augen der beiden: bauchige Sessel, Tischchen mit geschwungenen Beinen, schwere Brokatvorhänge, Teppiche. Und überall Flächen aus mattem Gold, das an das Gold der Ikonen erinnerte.

Fabelhaft.

Der Pelzhändler legte eine Hand auf die Fotos. Dann ging es schnell. Er wählte eine Küche mit viel Marmor, der Rest wurde griechisch eingerichtet, das Wohnzimmer nicht mit zwei, sondern vier Säulen bestückt. Ungeduldig trommelten seine Finger auf einem Brieföffner mit Elfenbeinklinge.

Jetzt fischte ich das Angebot für die Lagerhalle aus dem Koffer und reichte es meiner Mutter. Sie reichte es dem Pelzhändler, der sich sofort hineinvertiefte und die Zahlen studierte, obwohl es da nicht viel zu studieren gab, denn entscheidend war die Summe. Er war vielleicht Anfang Sechzig, klein, gedrungen und hatte volles, wahrscheinlich gefärbtes schwarzes Haar. Das goldene Kreuz seiner Kette baumelte wie ein Pendel über dem Papier.

Meine Mutter sah durchs Fenster auf den kleinen, dunklen Hof, in dem ein paar alte Werbetafeln an der Wand lehnten. Sie hatte die Beine übereinandergeschlagen, und ihre Hände lagen ruhig auf den Lehnen ihres Sessels, aber ich wußte, daß sie angespannt war.

Ausgeschlossen, sagte der Pelzhändler, ohne aufzuschauen. Völlig ausgeschlossen.

Das ist mein Preis, sagte meine Mutter kühl.

Die Angebote der griechischen Firmen sind vierzig Prozent billiger, sagte er.

Er hatte aufgeschaut und blickte vage an ihr vorbei.

Ich habe die ganze Südseite mit deutschen Jalousien ausgestattet, sagte sie.

Vierzig Prozent!

Die Profile sind nicht billig.

Der Pelzhändler beugte sich ruckartig nach vorn, stemmte sein Gewicht auf seine Ellbogen, so daß sie das Angebot unter sich begruben, und fixierte meine Mutter. Dann nannte er eine Zahl, die ungefähr dreißig Prozent unter der unseren lag.

Meine Mutter wandte den Kopf.

Dafür bin ich nicht hergeflogen.

Der Pelzhändler nannte noch einmal dieselbe Summe.

Meine Mutter lächelte und schaute wieder aus dem Fenster. Ihr Zeigefinger tippte auf die Lehne des Sessels. Sie schüttelte den Kopf, und selbst ich wußte nicht, ob sie nur so tat, als wäre sie gekränkt, oder ob sie es wirklich war. Einmal war sie in einer ähnlichen Situation einfach aufgestanden, hatte gesagt: Mit Dummköpfen mache ich keine Geschäfte, und war aus dem Zimmer stolziert. Der Pelzhändler wechselte in seinem Sessel umständlich die Haltung und schnaufte.

Was glauben Sie, was mich die beiden Häuser kosten, was? Na, was schätzen Sie? Ich kann nicht mehr zahlen, auch wenn ich wollte, sagte er und sah meine Mutter mit offener Verachtung an.

Sie erwiderte seinen Blick, und ich wußte, daß sie sich auf die Stelle zwischen seinen Brauen konzentrierte. Sie lächelte fein, als entdeckte sie im Pelzhändler, was ihm selbst verborgen blieb.

Und was glauben Sie, was mich das alles kostet, sagte sie und äffte dabei den empörten Tonfall ihres Gegenübers nach.

Der Pelzhändler starrte sie an. Schließlich nannte er eine Zahl, die fünfundzwanzig Prozent unter unserem Angebot lag:

Das ist mein letztes Wort.

Meine Mutter sagte nichts. Der Pelzhändler sah auf seinen

pompösen Brieföffner. Das Lacoste-Männchen stand daneben, die Hände im Rücken verschränkt, und betrachtete meine Mutter. Aus einem Nachbarraum waren weibliche Stimmen zu hören und leise griechische Schlagermusik.

Also gut, sagte ich. Dann mache ich unser letztes Angebot. Wir haben ohnehin knapp kalkuliert. Acht Prozent. Wir gehen acht Prozent runter.

Ich hatte den lächerlichen Aktenkoffer verschwinden lassen, die Beine übereinandergeschlagen, die Hände gefaltet und sah den Sohn ungerührt an. Allein für diese Minute hatte mich meine Mutter einfliegen lassen. Ich spürte den verwunderten Blick des Pelzhändlers auf mir und dann die Wucht seiner Ablehnung. Der Sohn schien irritiert, ich hörte ein kurzes Scharren seiner Schuhe, ließ aber nicht meinen Blick von ihm.

Acht Prozent, das ist, wenn Sie ehrlich sind, ein großzügiger Rabatt, sagte ich.

Was halten Sie von acht Prozent? fragte meine Mutter.

Ich wußte, daß auch sie den Sohn ansah. Der glotzte zu mir, dann zu meiner Mutter, und schließlich strich er sich mit Daumen und Zeigefinger über den Schnurrbart.

Ehrlich gesagt, ich weiß nicht, sagte Mister Lacoste und sah zu seinem Vater.

Damit war das Geschäft gelaufen. Der Pelzhändler versuchte sein Gesicht zu wahren, aber hinter seinen Schläfen pulsierte es. Eilig stand er auf:

Entschuldigen Sie mich einen Moment.

Er griff seinen Sohn am Arm und verschwand mit ihm im Nebenzimmer.

Als die Tür geschlossen war, sackte ich zusammen, als hätte ich vorher unter Strom gestanden. Mein Hemd war unter den Armen bis zur Taille naß. Meine Mutter tupfte sich mit einem Taschentuch die Stirn, sah wieder aus dem Fenster und schüttelte belustigt den Kopf:

Ehrlich gesagt, ich weiß nicht, wiederholte sie. Was ist denn das für eine Witzfigur?

Ich starrte auf das Werbeplakat, das hinter dem Schreibtisch des Pelzhändlers an der Wand hing. Eine halbnackte blonde Schönheit kuschelte sich in einen Pelz, Nerz, Fuchs, was auch immer. »Pelze aus Rhodos« stand in einer kitschigen Schreibschrift über ihrem Kopf. Wir schwiegen, und die Schuhspitze meiner Mutter stieß gegen meinen Fuß wie die Schnauze eines gutgelaunten Hundes.

Nach kurzer Zeit erschien der Pelzhändler allein, und wir einigten uns auf eine runde Summe, die elf oder zwölf Prozent unter unserem Angebot lag. Er fragte, ob er uns zum Essen einladen dürfe. Meine Mutter lehnte dankend ab, und wir nahmen ein Taxi zum Flughafen und flogen zurück nach Athen.

Meine Mutter möchte, daß ich den Wagen bei einer griechischen Autovermietung leihe, weshalb ich an den Schaltern von Sixt, Avis und Europcar vorbei bis zum anderen Ende der Empfangshalle gehen muß. Nachdem mir die Hosteß mit dem roten Blazer die Schlüssel ausgehändigt hat, bestelle ich für Onkel Makis und Tante Heinke einen schwarzen Mercedes 230. Die beiden werden erst morgen früh eintreffen und wollen vom Flughafen direkt zur Kirche in Messara fahren, der kleinen Stadt, in der mein Großvater geboren wurde und morgen nachmittag um sechzehn Uhr begraben werden wird. Messara liegt in Nordgriechenland, auf halber Strecke zwischen Saloniki und Florina, in einer weiten Ebene, umgeben von Obstplantagen, Tabakfeldern und sich endlos ausdehnenden Flächen, auf denen nichts wächst außer Gestrüpp. Vom Flughafen Saloniki sind es nicht mehr als zwei Stunden Autofahrt.

Ich bin mit Onkel Jorgos verabredet, dem jüngeren Bruder meiner Mutter, aber da seine Maschine aus Hamburg noch nicht angekündigt ist, setze ich mich in einen der Sessel, so daß ich die aus dem Zollbereich strömenden Passagiere im Blick habe und gleichzeitig durch die Glastür auf den Vorplatz und die kargen Hügel im Hintergrund sehen kann.

Ich habe das Jackett ausgezogen und über meine Knie gelegt, und erst jetzt, eine Stunde nachdem ich gelandet bin, habe ich das Gefühl, in Griechenland zu sein: als sei mein Schwerpunkt ein paar Zentimeter tiefer in die Hüfte gesackt. In der klimatisierten Halle herrscht ein reges Kommen und Gehen. Touristen, gerade gelandet, die Rollköfferchen in der Hand, schauen sich verwirrt nach Toiletten oder einem Informationsschalter um. Junge blonde Frauen stehen in hellblauen TUI- oder Neckermann-Kostümen an der Absperrung und halten ihre Schilder hoch. Für einen Moment habe ich den Eindruck, die Dunkelhaarige mit der Sonnenbrille, die, den Hörer am Ohr, an der Telefonzelle neben den Olympic-Countern lehnt, lächele mir zu. Doch es muß ein Mißverständnis sein, denn als ich ihr ein Zeichen gebe, wendet sie sich ab.

Man kann nicht behaupten, daß ich viel von meinem Großvater Panajotis weiß. Auch er hat einmal in Hamburg gewohnt, wo er einige Jahre als Pfleger in einem Krankenhaus arbeitete, aber noch vor meiner Geburt kehrte er nach Messara zurück, und obwohl er Deutschland kannte und oft von seinen Hamburger Geliebten schwärmte, hat er uns später nie besucht. Wenn wir ihn sehen wollten, mußten wir schon selbst hinfahren, und auf dem Weg zu Makis' Sommergrundstück in der Nähe von Volos schauten wir manchmal in Messara vorbei. Panajotis' Haus liegt am Stadtrand auf einer Anhöhe. Es hat starke Wände, einen schmalen Hof und nach hinten hinaus einen verwilderten Garten. Ursprünglich, erzählte einmal meine Mutter, hatte es nur einen einzigen Raum gegeben, in den später eine Holzwand eingezogen wurde, und so war die Küche entstanden. Noch später hatte Panajotis ein Schlafzimmer und zum Hof hin ein kleines Zimmer angefügt, in dem, seit ich mich erinnern kann, seine wechselnden Freundinnen untergebracht wurden.

Wenn wir ihn besuchten, saß Panajotis meist im Wohnzimmer vor dem laufenden Fernseher. Er trug einen beigefarbenen Pyjama oder einen dunklen, zu großen Anzug aus einem kratzigen Stoff. Die einfallenden Wangen ließen die Nase jedes Jahr kräftiger erscheinen, und seine Haut war von einer fast durchsichtigen Blässe. Panajotis' aktuelle Freundin brachte uns Limonade, mein Großvater fragte Stéphane, Katharina und mich nach der Schule, hob hin und wieder den Zeigefinger und sagte auf deutsch: Gesundheit, Durchsetzungskraft, Geduld. Oft blieben wir nur ein paar Stunden oder, wenn er gerade keine Freundin hatte, auch mal über Nacht, aber nie länger als zwei Tage. Panajotis war weder freundlich noch unfreundlich, und bis auf seine immer gleichen deutschen Sprüche – Milch und für die Haut Nivea! – redete er nicht viel, auch wenn Tante Heinke in ihrem besten Griechisch versuchte, ihn in ein Gespräch zu verwickeln. Ich hatte den Eindruck, daß meine Mutter auf die Besuche bei ihrem Vater zwar Wert legte, aber froh war, wenn wir das Haus ihrer Kindheit wieder verließen.

Bei jedem Abschied lud Onkel Makis meinen Großvater ein, ins Sommerhaus mitzukommen, und immer lehnte Panajotis ab. Als er sich doch einmal überreden ließ, waren wir alle überrascht. Ich war dreizehn, und zu der Zeit war Onkel Makis stolzer Besitzer eines dreireihigen Mercedes Caravan, in dem wir alle Platz hatten. Während wir über die Landstraße zum Meer und dann die staubige Serpentinenstraße am Ufer entlangfuhren, saß mein Großvater auf

dem Beifahrersitz und hielt sich ängstlich am Griff über dem Fenster fest.
Das Ferienhaus liegt versteckt in einer Bucht, die an beiden Seiten von Felsen eingerahmt ist. Das Grundstück ist nur über einen Privatweg zu erreichen, den Makis mit einem Gitter versperrt hat, so daß wir auch den Strand meist für uns hatten. Das Haus hat zwei Ebenen, mehrere Terrassen und paßt nicht recht in die waldige Umgebung, weil es im alten kykladischen Stil gebaut ist. Aus schweren Steinen, weiß getüncht, kauert es am Hang, als fegten regelmäßig rauhe Winde über das Grundstück, was aber nur selten der Fall ist. Ich glaube nicht, daß sich mein Großvater dort in der Bucht wohl gefühlt hat, denn es gibt keinen Fernseher, und Kandia, das nächste Dorf, ist sechs Kilometer entfernt. Statt baden zu gehen, saß er mit Anzughose und weißem Hemd im Schatten des Sonnenschirms, tupfte sich die Stirn und starrte aufs Wasser hinaus, während wir bei den Felsen schnorchelten. Am Nachmittag wiegte er sich still in einem Schaukelstuhl auf der Terrasse, abwesend lächelnd wie ein entmachteter König, der aus Prinzip Haltung bewahrt, und schon nach wenigen Tagen ließ er sich von Onkel Makis nach Kandia fahren und bestieg den Bus zurück nach Messara.
Ich erinnere mich, daß ich in diesen Sommertagen ein einziges Mal mit Panajotis allein war. Mein Großvater kam in das Zimmer, in dem ich lag, um den obligatorischen Mittagsschlaf zu halten. Der Raum war schmal, die Betten standen hintereinander. Ich konnte hören, wie er sich auszog und die Kleider über einen Stuhl legte, dann war es still. Die Luft im Zimmer war angenehm kühl, durch die Lamellen der geschlossenen Fensterläden fielen schmale Licht-

streifen auf das Bett. Ich konnte nicht einschlafen und dachte an Evi vom Haus gegenüber, als es hinter mir plötzlich zu schmatzen begann. Erst dachte ich, Panajotis habe sein Gebiß herausgenommen, aber das Schmatzen hörte nicht auf. Auch ein Schnaufen war zu vernehmen, und als ich an die Decke sah, entdeckte ich einen zitternden Schatten. Ich drehte mich auf den Bauch. Im Halbdunkel konnte ich nicht viel erkennen: die Rundung seiner Knie unter dem Laken, Mulden, in denen das Licht verschwand, die hin- und herruckende Matratze. Panajotis schien mich vergessen zu haben. Langsam richtete ich mich auf. Meine Füße berührten den kalten Steinboden, und dann stand ich neben meinem Großvater und konnte mich nicht lösen vom Anblick seines Gesichts. Beide Wangen waren wie von innen angesogen, und unter den geschlossenen Lidern schwammen die Augäpfel hin und her. So nah stand ich neben ihm, daß ich ihn hätte berühren können. Ich hatte keine Angst, entdeckt zu werden, auch der Ekel war verschwunden. Ich hoffte sogar, daß Panajotis plötzlich die Augen aufschlagen und über meine Nähe erschrecken würde, aber er ließ sich nicht stören. Schließlich drückte ich leise die Klinke hinunter, trat in den großen Vorraum und schloß die Tür. Im Haus war es still, nur das Zirpen der Zikaden drang durch die offenen Fenster. Ich goß mir in der Küche ein Glas Eistee ein und ging hinaus auf die Terrasse, von der man über das Schilf bis zum Meer sehen konnte. Das Wasser war ruhig, weiter hinten auf der spiegelnden Fläche saß die Insel wie eine buckelnde Katze.

Kannst du nicht schlafen?

Ich drehte mich um. Meine Mutter saß im Bikini am Tisch, einen Becher Kaffee vor sich.

Nein.

Schnarcht Großvater?

Sie blickte mich an.

Nein.

Willst du dich zu mir setzen?

Ich bin mit Evi am Strand verabredet.

Ach so, sagte sie und nahm einen Schluck.

Wenn meine Mutter mit Tante Heinke auf der Terrasse saß, egal, ob ich dabei war oder nicht, ging sie am liebsten der Frage nach, wann Evi und ich heiraten würden. Daß es einmal so käme, schien für beide sonnenklar. Jetzt war meine Mutter allein, Tante Heinke hatte sich ins hintere Zimmer zurückgezogen, die anderen waren in Kandia, um das Boot zu holen, und ich fand, sie sah traurig aus. Sie starrte an mir vorbei, ihr Haar war vom Schlaf noch zerdrückt. Ich überlegte, ob ich erzählen sollte, was ihr Vater dort im Zimmer tat, sagte aber nichts.

Dein Großvater ist ein schöner Mann.

Er ist alt, sagte ich.

Ich stellte das Glas auf den Tisch und ging die Treppe hinunter durch den Garten zum Strand, und die ganze Zeit spürte ich den Blick meiner Mutter im Rücken.

Mein Onkel hatte das Grundstück nach dem Ende der Militärdiktatur Mitte der siebziger Jahre einem Mann abgekauft, dessen Familie von der Insel Iraklia stammte. Erst hatte er das Haus in diese Einöde gesetzt, dann war er auf seine winzige Heimatinsel zurückgekehrt. In der Bucht befand sich außerdem das Ferienhaus der Familie Prekas. Als Evis Vater, den alle nur beim Nachnamen nannten, hörte, daß ein Grieche aus Hamburg das Nachbargrundstück erworben habe, fürchtete er, der Auslandsgrieche wolle Geld aus dem Gelände schlagen und einen Campingplatz errichten. Bald stellte sich aber heraus, daß Prekas keinen besseren Nachbarn hätte finden können, denn sowohl Onkel Makis als auch Prekas waren niedergelassene Ärzte, der eine Internist in Hamburg, der andere Hautarzt in Saloniki, und beide hatten Kinder im gleichen Alter. Außerdem liebte seine Frau die deutsche Sprache, die sie beherrschte, aber aus Angst vor Fehlern selten sprach. Seit dem Kindergartenalter hatte sie Evi Deutschunterricht gegeben, und nun glaubte sie, daß Evi, wenn sie mit uns spielte, ihr Deutsch verbessern würde, das im Gegensatz zu meinem verstümmelten Griechisch fast perfekt war. Ich mochte Evis Mutter, sie war dick und sehr schön, und oft saß sie in einem Klappstuhl auf der Veranda ihres Hauses und las. Neben ihr thronte Prekas, immer mit einer Fliegenklatsche bewaffnet, mit der er, wenn gerade keine Fliege in Reichweite war, gelangweilt durch die Luft fuhr.

Der Strand war menschenleer. Ich setzte mich in die Nähe unseres Sonnenschirms und wartete. Nach kurzer Zeit kam Evi. Sie ließ sich neben mir nieder, und ihre braune Haut berührte mein weißes Bein.

Das holst du dieses Jahr nicht mehr auf, sagte sie.

Wir werden sehen.

Wir schwiegen und sahen aufs Meer. Evi zog ihre Beine an und streckte sie schnell wieder aus, wobei sie die Füße in den Sand grub. Nur ihre großen Zehen schauten heraus.

Es gibt wieder mehr Seeigel, sagte sie.

Braune oder schwarze?

Braune.

Auch auf unserer Seite?

Nur ganz hinten, bei den Felsen.

Ich blickte nach rechts, wo der feine Sand in Kies überging. Am Ende des Strands erhob sich eine steile Steinplatte. Von einem schmalen Vorsprung konnte man auf einen würfelförmigen Felsen klettern, ich sprang am liebsten kopfüber.

Wie ist die Stimmung? fragte ich.

Evis schwarzes, gelocktes Haar glänzte bläulich wie das ihrer Mutter.

Mein Vater schreit herum, und wir essen.

Was ist mit der Ecke deines Zahns passiert?

Abgebrochen.

Sieht gut aus, sagte ich.

Evi berührte mit der Fingerspitze ihren Zahn, und ich fragte, ob sie springen gehen wolle, obwohl ich wußte, daß sie keine Lust haben würde. Sie schüttelte den Kopf.

Ich habe eben mit meinem Großvater in einem Zimmer gelegen, sagte ich.

Und?

Wie findest du ihn?

Evi sah mich an, als verstünde sie meine Frage nicht, und dabei rutschte ihr rechtes Auge nach außen, so daß ich für einen Augenblick Zweifel hatte, daß sie mich überhaupt sehen konnte.

Wie soll ich ihn finden? Er ist nett.

Und sonst? Findest du ihn schön?

Ich weiß nicht. Er nennt mich Püppchen. Wie kommst du darauf?

Nur so, sagte ich.

Evi kniff die Augen zusammen und sah an mir vorbei, und ich wandte den Kopf. Mein Cousin stand mit dem Rücken zu uns im Schilf und machte Bewegungen mit der Hand.

Langsam schob sich der Bootsanhänger rückwärts auf den Strand, und der Mercedes hielt, kurz bevor seine Räder in den Sand sackten. Meine Cousine tauchte auf, beladen mit orangefarbenen Schwimmwesten.

Wasserski, sagte ich. Willst du auch?

Nein, sagte Evi, und während wir dabei zusahen, wie Stéphane und Katharina die Plane vom Boot zogen, fragte sie: Habe ich eigentlich viel zugenommen?

Ach Quatsch, sagte ich, und dann standen wir auf und gingen zu den anderen, um das Boot klarzumachen für unsere kleine Wasserskivorführung, die erst losgehen konnte, als auch meine Mutter und Tante Heinke zum Strand gekommen waren.

Bestimmt zehn Jahre bin ich nicht mehr auf Makis' Sommergrundstück gewesen, und während ich in der klimatisierten Empfangshalle auf Jorgos warte, dessen Maschine noch immer nicht angekündigt ist, muß ich an Heinke und meinen Onkel denken, ohne die ich niemals in den Genuß der jährlichen Urlaube gekommen wäre: Wasserski, Ausflüge zur Insel, Muschelbraten am offenen Feuer. Die Telefonzelle bei den Olympic-Countern ist inzwischen frei, und mit ein paar Schritten bin ich dort und wähle die Blankeneser Nummer, die ich noch auswendig kann. Aber während ich darauf warte, daß die Verbindung aufgebaut wird, weicht die Vorfreude, gleich die Stimme meiner Tante zu hören, einer Beklommenheit: Mir fällt unser letztes gemeinsam verbrachtes Weihnachtsfest in Blankenese ein, zu dem ich auf Bitten meiner Mutter angereist war. Makis hatte so gut wie kein Wort von sich gegeben, denn obwohl meine Cousine, die in Tübingen Bildhauerei studiert, kommen wollte, kam sie nicht, und meine Tante stand beim Essen

ständig auf, um ihre Tochter zu erreichen, aber Katharina war nicht da oder ging nicht ans Telefon.
Heinke ist nicht überrascht, daß ich anrufe.

Wie geht es deiner Mutter? fragt sie.

Ich glaube, sie kommt zurecht.

Schön, daß du Zeit hattest, sagt sie. Paß ein bißchen auf sie auf.

Im Gegensatz zu euch bin ich schon da, sage ich.
Kaum werde ich mir des albernen Triumphs in meiner Stimme bewußt, ahne ich, daß es ein Fehler war, angerufen zu haben. Heinke schweigt, und plötzlich habe ich Angst vor dem morgigen Tag, davor, daß nach Panajotis' Tod noch etwas anderes geschehen könnte, was nicht mehr rückgängig zu machen ist.

Was ist mit deinen Kindern? frage ich nach einer Pause.

Stéphane kann aus London nicht weg, und Katharina muß sich auf ihre Meisterprüfung vorbereiten.
Ich sehe meine Tante auf der Kante ihres Eßtischs sitzen, im schwarzen Lederrock, die Füße auf der Heizung, in der freien Hand eine ihrer Nachmittagszigaretten, und durch die Fensterfront auf die Elbe blicken. Sie arbeitet als eine Art Cheforganisatorin bei der Anwaltskammer, hat aber vorher einige Jahre an einer Realschule unterrichtet, und aus dieser Zeit stammt wohl ihr Hang zu einem jugendlichen Kleidungsstil. Vielleicht fühlt sie sich in Lederrock und engen, bunten Oberteilen auch ihrer Tochter näher. Dann sage ich:

Der Wagen ist bestellt.

Ja, danke. Makis ist noch in der Praxis. Ich packe gerade. Hör mal, soll ich morgen einen Hut aufsetzen?

Warum nicht?

Ich möchte das Gespräch beenden, habe aber den Eindruck, daß Heinke nicht auflegen will. Mir kommt die kleine Tätowierung auf ihrer Schulter in den Sinn. Als meine Cousine noch zur Schule ging, wollte sie sich unbedingt tätowieren lassen. Makis tobte und verbot ihr diesen, wie er sagte, modischen Unsinn, aber meine Tante verliebte sich in den Gedanken, und schließlich gingen Mutter und Tochter gemeinsam ins Studio und ließen sich ein kleines Tierchen in die Haut ritzen. Kurze Zeit später hat sich meine Cousine die Zeichnung, so gut es ging, wieder wegmachen lassen, aber Heinke trägt sie immer noch, ein Comicwesen mit einem langen, geringelten Schwanz auf dem linken Schulterblatt, das ich Weihnachten gesehen habe, als sie aus dem Badezimmer gekommen ist.

Weißt du eigentlich, daß ich eine Zeitlang dachte, du würdest Katharina heiraten? fragt sie.

Was? Ich dachte, ich sollte Evi heiraten.

Nein, Evi war vorher. Später dachte ich: Katharina und du, das wäre nicht schlecht.

Kommt noch, sage ich und starre auf die Plastikfläche neben den Wähltasten, in die jemand mit einem spitzen Gegenstand Nein zu Europa! geritzt hat.

Jetzt ist er also gestorben, sagt sie nach einer Weile und bläst den Rauch ins Telefon.

Ja, sage ich, und in diesem Augenblick sehe ich Jorgos mit einer Reisetasche über der Schulter aus dem Zollbereich in die Empfangshalle kommen. Seine Hand steckt in einem Mullverband. Er bleibt stehen und sieht sich um, ohne mich zu bemerken. Was hat er mit seiner Hand gemacht? frage ich und hebe den Arm, damit er mich leichter finden kann.

Was?

Jorgos kommt. Warum hat er einen Verband?

Ich glaube, er wurde gebissen, sagt Heinke.

Jetzt hat er mich gesehen, sage ich.

Ich lächle, aber Jorgos, der auf mich zusteuert, weicht meinem Blick aus.

Was hat er an? fragt Heinke.

Jogginghose und Polohemd.

Wie immer! Jogging und Polo! kreischt sie ins Telefon, und ich reiße den Hörer vom Ohr.

Jorgos stellt die Tasche ab.

Wartest du schon lange? flüstert er.

Ich schüttele den Kopf. Er sieht sich in der Halle um, als suche er etwas, während Heinkes hohes Lachen aus dem Hörer dringt:

Steht er vor dir? Ist er schon da? Was ist das für eine Familie? ruft sie so laut, daß Jorgos sie verstehen muß.

Ich wende mich ab und warte, die Muschel wieder am Ohr, bis sie sich beruhigt hat. Dann hänge ich ein, leise, als wolle ich unbemerkt eine Tür schließen.

Das war Heinke, sage ich.

Jorgos nickt und sieht mich irritiert an. Seine Haut ist rosig, und er riecht nach Rasierwasser.

Was hast du mit deiner Hand gemacht?

Er hebt den Arm und dreht den Verband in der Luft wie eine Sehenswürdigkeit.

Der Dobermann von der Wohnung gegenüber hat mich angefallen. Hat deine Mutter dir nichts erzählt?

Nein, sage ich.

Wir treten ein paar Schritte zur Seite, weil ein älterer Herr telefonieren möchte, und Jorgos beobachtet, wie er die Telefonkarte in den Schlitz steckt und mit langsamen Bewegungen seinen Zeigefinger auf die Tasten drückt.

Gegen Morgen kam ich von der Arbeit. Ich wollte gerade meine Wohnung aufschließen, da hörte ich hinter mir ein Knurren. Ich drehte mich um und sah den Hund. Die Nachbarin hat ihn auf mich gehetzt, sagt Jorgos und guckt ungläubig auf den Verband, aus dem nur die Spitzen seiner Finger herausschauen, orange vom Jod.

Hast du noch Schmerzen?

Nur nachts, sagt er.

Ich nehme seine Tasche, die leicht ist, und wir treten aus der Empfangshalle des Flughafens in die Nachmittagshitze, Jorgos zwei Schritte hinter mir.

Die Luft riecht nach Benzin und flimmert über den gleißenden Autodächern, und während wir über den Asphalt zum Parkplatz gehen, gefällt mir die Vorstellung, daß man mich für einen hier lebenden Griechen halten könnte: Ich arbeite in einer Bank oder als Moderator bei einem Sender und hole meinen Besuch vom Flughafen ab. Niemand sieht mir an, daß ich am Mittag meine Berliner Wohnung verlassen habe, um zur Beerdigung meines Großvaters zu fliegen.

Wir steigen in einen roten Corolla, und die Nervosität, die mich auf griechischen Straßen überkommt, ist schnell verflogen. Anstatt die Innenstadt zu durchqueren, nehme ich eine Stichstraße durch ein verlassenes militärisches Sperrgelände und fädle mich auf den Ring ein, der zwischen den Hügeln um Saloniki herumführt. Die linke Spur ist frei, wir überholen Lieferwagen, mit Melonen beladene Pick-ups und klapprige Motorräder. Die Straße ist breit wie eine Autobahn, aber nicht ungefährlich, weil hinter jedem Hügel eine Ampel auftauchen kann. Ich konzentriere mich auf die Stellen, an denen mein Körper den Wagen berührt, die gekrümmten Finger am Lenkrad, die Kuhle, die der Schaltknüppel in die Handfläche drückt, den Hartgummistreifen des Gaspedals unter der Schuhsohle, ganz so, wie ich es mir in Berlin angewöhnt habe, in den ersten Minuten meiner Schicht. Kein Radio, keine Zigarette. Schalten, lenken, blinken, beschleunigen, bremsen. Erst wenn ich mich der Geschwindigkeit der anderen angepaßt habe, dem Rhythmus von Fließen und Stocken, wenn ich, ohne in den Spiegel zu gucken, spüre, ob jemand hinter mir ist, weitet sich mein Blick, und ich nehme die Häuser und Menschen am Straßenrand wahr.

Wir verlassen den Ring und gelangen über eine Brücke auf die westliche Ausfallstraße, die nach Florina und weiter bis zur albanischen Grenze führt. Baustellen, Möbelgeschäfte, Werkstätten und Tankstellen säumen den Weg. Etwas weiter entfernt stehen, groß wie Häuser, Plakatwände in der Gegend, die für Tabak und Privatsender werben, und die Monstrosität, mit der sie aus der Ebene ragen, trifft mich in der Magengrube wie eine plötzliche Erinnerung. Dann liegt Saloniki hinter uns, und schnurgerade durchschneiden wir den Flickenteppich der von der Julisonne verbrannten Felder.

Jorgos schaut aus dem Fenster. Ich denke an die Wunde unter dem Verband, an den Handrücken, in den der Dobermann seine Zähne stieß, und erst jetzt spüre ich den Schmerz, den ich, als Jorgos vom Unfall erzählt hat, nicht empfinden konnte. Jorgos ist einige Jahre jünger als meine Mutter, er arbeitet als Kellner in einem Ausflugslokal an der Elbe, ist weder verheiratet, noch hat er Kinder, und auf Familienfesten steht er meist bei den älteren Damen am Rand. Er lebt in der Nähe des Hamburger Hauptbahnhofs in einer winzigen Zweizimmerwohnung mit gläsernen Delphinen in der Schrankwand, nur wenige Kilometer Luftlinie vom Blankeneser Haus seines Bruders Makis entfernt, aber in einer völlig anderen Welt. Nachdem wir eine Weile geschwiegen haben, streift er mich mit einem Seitenblick und schüttelt den Kopf.

Marko, der Zurückgezogene. Kein Anruf, keine Karte, nichts. Du bist ein richtiger Deutscher.

Ich setze den Blinker und wechsle die Spur. Mir fällt ein, daß Jorgos an dieser Strecke jeden Strauch kennen muß. Von uns allen hatte er den engsten Kontakt zu Panajotis und verbrachte Jahr für Jahr seinen Urlaub in Messara, selbst dann noch, als Angeliki schon im Haus war, Panajotis' Haushälterin oder letzte Geliebte. Ich kann mir nicht vorstellen, was er wochenlang in Messara getan hat, während mein Großvater vor dem Fernseher saß, aber ich will ihn nicht fragen, denn Jorgos ist, den Kopf gegen die Stütze gelehnt, in ein Brüten versunken.

Die sanfte Landschaft zieht an uns vorbei, und ich erinnere mich, wie es war, als ich mit meiner Mutter meinen Großvater das letzte Mal besucht habe. Unsere Besuche gehorchten einem ewig gleichen Ablauf, und auch dieser begann mit einer komplizierten Terminabsprache. Meine Mutter hatte telefonisch Tag und Uhrzeit vereinbart, und wenig später rief Panajotis zurück und verschob den Termin. Am Morgen der Fahrt war meine Mutter aufgeregter als ich, und ich mußte entscheiden, welches Kleid sie anziehen sollte. Wir brachen früh in Athen auf, die Stunden auf der Autobahn vergingen, ohne daß wir redeten. Ich saß am Steuer, meine Mutter trug ihre dunkle Sonnenbrille und schaute aus dem Fenster. Alle fünfzig oder hundert Kilometer kamen wir an eine Zahlstelle, ich ließ das Fenster heruntergleiten, meine Mutter reichte mir Geld, ich gab es dem Mann hinter der Scheibe, der Mann gab mir das Ticket, ich reichte es meiner Mutter, und während ich beschleunigte, schlug heiße Luft in das Wageninnere, bis die Klimaanlage wieder gleichmäßig rauschte. In Messara kauften wir bei einer Konditorei die Kekse in Zopfform, die Panajotis gerne aß, und endlich standen wir, der Karton ruhte in meinen Händen, vor der Metalltür zu seinem Hof, und meine Mutter sagte den sinnlosen Satz:

Mal gucken, ob er da ist.

Das Fliegengitter klapperte, es waren schleifende Schritte zu hören, ein Schloß wurde entriegelt, dann stand Panajotis mit ausgebreiteten Armen in der Tür, das Haar nach hinten gelegt, den Gürtel seines hochgeschlossenen Morgenmantels zur Schleife gebunden.

Ah! Tretet ein!

Er nahm den Karton, den ich ihm überreichte, und lächelte.

Die habe ich schon vermißt.

Ich küßte ihn, und seine weiche und zugleich stachelige Wange roch nach Nivea.

Kaffee? Limonade? fragte er und ging schon durch den Hof zum Haus und verschwand in der Küche.

Meine Mutter und ich nahmen im dunklen Wohnzimmer auf dem Sofa Platz. Mein Blick wanderte über Möbel und Fotos, über Aschenbecher, Deckchen und Vasen, die in den Fächern der aus Deutschland mitgebrachten Schrankwand standen, und bei jedem Ding dachte ich: Ach, dich gibt es auch noch.

Es hat sich nichts verändert, sagte ich.

Was sollte anders sein?

Meine Mutter fächelte sich mit der Hand Luft aufs Dekolleté.

Wo ist Angeliki? fragte sie, als Panajotis das Tablett vor uns abstellte.

Nicht da heute. Aber schön, daß ihr da seid, sagte mein Großvater.

Bevor er sich im Sessel niederließ, löste er den Gürtel, und der Morgenmantel öffnete sich. Ich erschrak, weil ich glaubte, daß er darunter nackt wäre, aber er trug einen Pyjama, und ich atmete auf. Er legte die Hand auf meinen Arm und fragte:

Also, wie geht es dir?

Gut, sagte ich.

Gesundheit?

Auch gut.

Rauchst du?

Nein.

Meiner Mutter entfuhr ein Ton der Überraschung.

Bald höre ich auf, sagte ich schnell.

Treibst du Sport?

Wenig.

Macht nichts, ich habe nie Sport getrieben und bin trotzdem alt geworden. Und auf deutsch sagte er: Milch! Und für die Haut Nivea! Er hob den Zeigefinger: Gesundheit! Durchsetzungskraft! Geduld!

Dann griff er nach der Tasse und nahm einen Schluck Milch. Ich wußte, welche Frage jetzt kommen würde, und ich war sicher, meine Mutter wußte es auch. Ich suchte ihren Blick, aber er ruhte auf ihrem Vater. Panajotis stellte die Tasse auf den Unterteller zurück.

Wann beendest du dein Studium?

Ich zögerte mit der Antwort, nicht lange, nur einen Moment, und ich glaube nicht, daß er meine Lüge durchschaut hat.

In einem Jahr.

Was ist dein Fach?

Jura.

Rechtsanwalt! Sehr gut, sagte Panajotis und auf deutsch: Aber immer mit Geduld. Abwarten und Tee trinken!, und er ließ sein meckerndes Lachen hören.

Aus den Augenwinkeln sah ich die Hand meiner Mutter, die nicht weit von mir auf der Sofalehne lag. Sie rührte sich nicht. Majestätische Bewegungslosigkeit. Wenige Monate zuvor hatte ich das Studium abgebrochen. Zu den Klausuren des Staatsexamens war ich gar nicht erst erschienen, und als ich im Prüfungsbüro vor der Sekretärin saß, um mich ein zweites Mal zu melden, überfiel mich eine auf die Augenlider drückende Müdigkeit, und ich ließ mich auf der Stelle exmatrikulieren.

Ich wartete kurz, vielleicht um meiner Mutter noch eine Möglichkeit des Widerspruchs zu geben, dann sagte ich, überrascht von der Härte in meiner Stimme:

Ich werde Richter, nicht Rechtsanwalt.

Was du willst, mein Kind, sagte Panajotis. Was du willst.

Vielleicht hatte ich auch gelogen, weil ich zu müde für die Wahrheit war. Aber es gab noch einen Grund. Ich hatte meine Mutter prüfen wollen: Würde sie für die Wahrheit eintreten oder den Schein wahren? Sie schaute mich an wie jemanden, um den man sich Sorgen macht. Plötzlich wußte ich, weshalb sie geschwiegen hatte – um mich vor Panajotis nicht bloßzustellen.

Und die Frauen?

Panajotis wackelte mit dem Kopf.

Hast du eine Bobolina?

Ich machte eine Geste, die alles mögliche bedeuten konnte.

Keine Bobolina? Eh! Du brauchst eine Bobolina und eine Familie. Wie alt bist du?

Fünfundzwanzig.

Fünfundzwanzig und keine Bobolina. Das ist schlecht. Panajotis erzählte die Geschichte von dem alten Mann, den er vor Jahrzehnten im Hamburger Krankenhaus hatte pflegen müssen. Der Mann lag im Bett und weinte den ganzen Tag, und nicht nur das, erzählte Panajotis, er schlug auch mit dem Kopf immer wieder gegen die Kante des Nachtschranks, bis ihm das Blut in die Augen lief. He, alter Mann, warum schlägst du mit dem Kopf gegen den Nachtschrank? Du hast Geld, du hast ein schönes Haus, du darfst bald nach Hause. Warum also?
Panajotis' Augen schauten mich fragend an.

Was ist diese Bedeutung?

Ich weiß nicht, sagte ich.
Panajotis jaulte, das sollte das Greinen des Mannes sein.

Nie wollte ich Frau und Familie haben. Nie wollte ich heiraten. Und jetzt bin ich allein und habe niemanden, sagte der alte Mann. Also, sagte Panajotis zu mir, wenn du keine Bobolina hast, such dir eine und gründe eine Familie, damit du später nicht den Kopf gegen einen Nachtschrank schlagen mußt. Aber Geduld. Alles der Reihe nach. Erst Studium, dann Familie. Und solange du noch studierst, und er wechselte wieder ins Deutsche: Küssen, lecken, schmusen ja. Aber nix Maus rein!
Er hob den Finger:

Abwarten und Tee trinken!
Dann ließ sich Panajotis von meiner Mutter die Alben aus dem Regal reichen und erzählte, den Finger auf einzelne Fotos legend, von den Bobolinas seiner Hamburger Zeit. Auf

den Bildern sah man ihn lachen, seine gleichmäßigen Zähne strahlten, und immer lag sein Arm auf der Schulter einer Frau. Jedes Foto zeigte eine andere, es waren blonde und dunkle und rothaarige Frauen, die meisten waren dünn, wenige Zentimeter größer als Panajotis und hatten einen verträumten Blick. Auch die Geschichten ähnelten sich. Panajotis erzählte, wie er die Frauen erst kennengelernt, dann geprüft und sich schließlich wieder von ihnen getrennt hatte.

Er wohnte auf dem Krankenhausgelände in einem Apartment. Die meisten seiner Bobolinas waren Kolleginnen. Es gab auch einige Patientinnen darunter, die als Kranke gekommen waren und das Hospital als seine Geliebten wieder verließen. Nur wenige Frauen lernte er in der Stadt kennen, aber gerade von diesen erzählte er am häufigsten, wahrscheinlich weil sie besonders schwierig zu verführen gewesen waren und sich deshalb stärker in seiner Erinnerung gehalten hatten. Panajotis sagte, daß er jede Frau schon beim Kennenlernen einem Test unterziehe, denn viele seien Biester, die es aufs Geld abgesehen hätten, seine Hand machte eine schnelle, drehende Bewegung. Der Test sah so aus: Er ging mit einer neuen Bekanntschaft in den Alsterpavillon. Man trank Kaffee, aß Kuchen, redete. Dann bezahlte er. Sie schlenderten durch die Innenstadt und blieben scheinbar zufällig vor Boutiquen stehen, um die Auslagen zu betrachten, Kleider, Schuhe, teuren Schmuck. Jetzt gab es zwei Möglichkeiten. Da waren Frauen, mit denen er sich darüber unterhalten konnte, welcher Schnitt schön und welcher häßlich sei. Und da waren die anderen, die ihn mit süßlicher Stimme baten, ihnen etwas zu schenken. Bei diesen Schlangen – Panajotis pfiff durch die Zähne und rief auf deutsch: Raus aus meinem Haus!

Ich mußte über die Geschichte auch dieses Mal lachen. Ich beugte mich vor, legte meine Hand auf den Arm meiner Mutter. Sie wandte den Kopf, und ich erschrak. Sie war blaß. An den Schläfen glänzten winzige Schweißperlen, ihr Oberkörper war unter einem unsichtbaren Gewicht zusammengesackt, aber das Seltsamste war ihr Gesicht. Es hatte seine Form verloren, es war ohne den üblichen Stolz, ohne die Spannung verleihende Überheblichkeit. Das Gesicht meiner Mutter war nichts als eine Landschaft aus Erhebungen und Vertiefungen, es hatte etwas Klaffendes, und ich schaute hinein wie in einen Schacht. Panajotis führte die Tasse an die Lippen, und während er trank, starrten seine Augen über ihren Rand hinweg.

Meine Mutter stützte die Hände auf die Lehnen und drückte sich schwerfällig aus dem Sessel.

Was ist? fragte Panajotis mit schneidender Stimme.

Nichts, sagte sie. Ich hole etwas Wasser.

Vor lauter Verlegenheit wollte ich nach meinem Glas greifen, aber meine Mutter hatte es mitgenommen. Ich lächelte.

Also, sagte Panajotis.

Seine Fingerspitzen lagen neben der Tasse auf dem dunkelbraunen Furnier.

Ja, so sind die Dinge, sind die Dinge nicht so, sagte ich, eine Redewendung, die ältere Frauen seufzen, wenn sie an Sommerabenden vor dem Haus sitzen und die Stille etwas Unheimliches bekommt.

Panajotis hustete, und dann nahm er meine Hand und legte sie auf seinen Oberschenkel. Er räusperte sich, und sein

Mund zuckte, als wollte er etwas sagen. Sein Oberkörper schaukelte leicht, während seine weißen Finger meine Hand tätschelten.

Die Dinge sind nicht so, sagte er. Sie sind anders, als die Leute behaupten.

Marko?

Was?

Jorgos sieht mich an, mit Spott im Blick. Die Straße ist leer, und mir kommt es vor, als seien die Felder rechts und links der Straße weiter geworden.

Ich habe dich gefragt, ob du eigentlich weißt, wie es Panajotis geschafft hat, immer wieder Frauen zu finden, die so alt waren wie deine Mutter.

Nein, sage ich.

Kontaktanzeigen. Älterer Herr, kulturell interessiert und finanziell abgesichert durch Rente, sucht junge Frau mit festem Fleisch. Ich habe zu ihm gesagt, was soll dieser Text, aber er hat mich angeschrien: Was verstehst du davon?

Der Text hat offenbar funktioniert, über einen Mangel an Frauen konnte sich Panajotis nicht beklagen, sage ich.

Aber was für Frauen. Putzfrauen, die es auf sein Geld absahen. Obwohl er nicht viel hatte. Es gibt immer jemanden, der noch weniger hat.

Angeliki macht nicht so einen gerissenen Eindruck, sage ich.

Ja, sie ist anders. Zum Schluß hat er Glück gehabt.

Angeliki ist eine kleine Frau, die ihre Hilflosigkeit gut einzusetzen versteht, denke ich, und auf einmal fällt mir die Szene im Ferienhaus ein, vor fast fünfzehn Jahren, als Panajotis sich in das andere Bett legte, und noch während mich die Willkür der Erinnerung erstaunt, sage ich:

Einmal habe ich mit Panajotis zusammen im Zimmer gelegen, im Ferienhaus, an einem Nachmittag. Wahrscheinlich hat er gedacht, ich schlafe, aber ich habe nicht geschlafen. Er war ganz mit sich beschäftigt.

So, so. Er war also mit sich beschäftigt.

Jorgos greift sich in den Nacken und knetet einen Muskelstrang, während er abwesend vor sich hin sieht.

Na dann, sagt er nach einer Weile, und als er mir sein Gesicht zuwendet, mache ich mir klar, daß er schon über fünfzig ist, was man wegen seiner glatten Haut leicht vergißt.

Was ist mit Heinke? fragt er. Was hat sie am Telefon gesagt?

Sie kommen morgen, direkt vom Flughafen, ich habe einen Wagen bestellt.

Für Makis einen Mercedes, hoffe ich.

Mutter wollte es so.

Für unseren großen Bruder nur das Beste.

Wahrscheinlich, sage ich.

Am Ende fährt Makis mit einem Mercedes vor der Kirche vor und zeigt ihnen, daß er es trotz Panajotis' Dummheit geschafft hat.

Was soll das heißen? frage ich.

Sag bloß, du weißt davon nichts. Das Loch in der Mauer hinter dem Haus? Alexandros und das türkische Geld? Die Art und Weise, wie sich Panajotis von seinem Bruder hat übers Ohr hauen lassen? Ganz Messara wußte damals Bescheid.

Panajotis hat einen Bruder?

Jorgos zieht überrascht die Brauen zusammen.

Deine Mutter verstehe, wer will.

Ich beschleunige, schalte in den fünften Gang, und schweigend fahren wir durch Obstplantagen und Tabakfelder. Die Landschaft ist flach, hin und wieder fällt die Straße in eine Senke ab oder führt im sanften Bogen auf einen Hügel. Meine Mutter sprach wenig von ihren Eltern. Als junger Mann hatte Panajotis bei einem Stoffhändler gearbeitet und heiratete dann Evdokia, meine Großmutter, die ich nicht mehr kennengelernt habe, weil sie starb, bevor ich auf die Welt kam. Sie hatte ein zu kurzes Bein, wie ich aus spärlichen Erklärungen geschlossen habe, und das einzige, was an sie erinnert, ist ein verblaßtes Foto auf dem Nachttisch meiner Mutter. Von einem Bruder von Panajotis, der in einer Mauer Geld gefunden haben soll, habe ich nie gehört, und ich möchte jetzt nicht Jorgos nach ihm fragen, seine Genugtuung wäre mir unangenehm. Statt dessen sage ich:

Wann ist Panajotis eigentlich nach Deutschland gekommen?

Anfang der sechziger Jahre, sagt Jorgos, während er im Sitz nach einer bequemen Haltung sucht. Ich habe mir schon lange gewünscht, daß wir darüber sprechen. Du hast dich nie für die Familie interessiert. Nur zu den Festen und sofort zurück nach Berlin.

Und wo warst du damals? frage ich.

Als Panajotis deine Großmutter und mich verlassen hat, ging ich noch in Messara zur Schule. Ich wollte auch nach Deutschland, aber dann bin ich doch bei deiner Großmutter geblieben. Einer mußte sich ja um Evdokia kümmern. Sie ist bald gestorben. Ich fand sie tot im Bett, als ich aus der Schule kam. Ich mußte Panajotis in Hamburg anrufen und ihm sagen, daß seine Frau gestorben ist. Das war nicht schön, sagt er, greift unter den Sitz, schiebt ihn mit einem Ruck zurück und schlägt die Beine übereinander. An seinen

Knöcheln ist die Jogginghose hochgerutscht, und weiße Tennissocken zeigen sich. Kaum war ich dann in Hamburg, fährt Jorgos fort, ist er zurückgekehrt, ins leere Haus nach Messara.

Evdokia, sage ich. Schöner Name.

Sie war oft mürrisch. Ihr Bein hat geschmerzt. In meiner Hüfte liegt eine eingerollte Schlange, hat sie gesagt. Jorgos schiebt den Oberschenkel über den Sitz, so daß sein Knie den Schaltknüppel berührt, und sieht mich an.

Du magst mich nicht, stimmt's?

Was? rufe ich. Wer sagt denn das?

Niemand. Niemand sagt das.

Wie kommst du dann darauf?

Weiß nicht. Vergiß es. Ich bin müde.

Er berührt mit der Spitze des Fingers die Windschutzscheibe, und als er ihn wieder wegnimmt, sehe ich, daß das Glas an der Stelle einen winzigen Sprung hat.

Vergiß es einfach, sagt Jorgos noch einmal, während wir durch Halkidona kommen, in dem es angeblich das beste Souvlaki gibt. Rechts und links der Straße eine Handvoll schäbiger Restaurants, erleuchtet wie Bahnhofshallen, mit riesigen Terrassen zur Fahrbahn hin, die um diese Zeit ausgestorben sind, Tankstellen, ein paar Kioskhäuschen, an denen aufgehängte Zeitungen flattern, und schon liegt der Ort hinter uns. Ich habe das Gefühl, mich bei Jorgos entschuldigen zu müssen, aber ich weiß nicht, wofür.

Und der Bruder von Panajotis hat wirklich Geld gefunden? frage ich.

Daß deine Mutter dir nie was von Alexandros erzählt hat. Die Königin der Geheimnisse. Versteh ich nicht. Alexandros wohnte in Saloniki. Er hat uns Anfang der fünfziger Jahre regelmäßig besucht. Es war die Zeit nach den Bürgerkriegen, wir hatten nicht viel, und Alexandros brachte meistens Fleisch mit. Wir aßen zusammen, und nach dem Essen machte er Spaziergänge hinter unserem Haus. Er ging durch die Küche in den Garten und verschwand für eine Stunde. Ich weiß das noch genau, weil Evdokia immer über Alexandros' Verdauung gewitzelt hat. Einmal kam er von seinem Spaziergang mit verdreckten Kleidern zurück. Was ist passiert? fragte Panajotis, aber Alexandros sagte nichts. Er wusch sich am Brunnen im Hof die Hände, verabschiedete sich und nahm den nächsten Bus nach Saloniki. Kurze Zeit später erzählte ein Nachbar, daß er Alexandros hinter dem Garten auf der Straße gesehen habe. Alexandros habe auf dem Boden gekniet und mit einem Stock zwischen den Steinen in der Mauer gekratzt. Abends, als uns niemand beobachten konnte, haben wir nachgesehen. Da war tatsächlich ein lockerer Stein in dem Mäuerchen, und dahinter eine Höhle. Sie war leer. Ich selbst habe meinen Arm in diese Höhle gesteckt. Man sagt, es war türkisches Geld aus dem Osmanischen Reich. Manche Steuereintreiber haben griechische Gelder nicht nach Istanbul abgeführt, sondern für sich behalten. Irgendwo mußten sie das Geld verstecken. Warum nicht in der Mauer hinter unserem Haus?

Ich glaube kein Wort, sage ich.

Glaub, was du willst. Auf jeden Fall ist Alexandros seit jenem Tag nicht mehr wiedergekommen, und jeden Abend sagte Evdokia zu Panajotis: Fahr nach Saloniki und hol, was uns zusteht. Aber Panajotis weigerte sich. Ihm war die Sache peinlich. Das Gerede der Nachbarn, die Vorstellung, von seinem Bruder betrogen worden zu sein. Er fügte sich erst, als Makis drohte, allein zu fahren. Panajotis und

Makis setzten sich also in den Bus nach Saloniki. Sie trafen Alexandros in einem Kafeneion unterhalb der Festung und stellten ihn zur Rede: Wir möchten die Hälfte vom Geld, sagte Panajotis. Ich weiß nicht, wovon du redest, sagte Alexandros. Das Geld, das du in der Mauer gefunden hast, sagte Panajotis. Du schenkst Gerüchten Glauben? fragte Alexandros. An Gerüchten ist immer etwas dran, sagte Panajotis. Ja, so denkt ihr auf dem Land, sagte Alexandros, und das war es. Das Geld wurde nicht mehr erwähnt. Auf der Rückfahrt sprachen Makis und Panajotis kein Wort. Evdokia hatte sich zur Feier des Tages bis zum Bahnhof gequält und wartete schon, als der Bus einfuhr. Noch während Panajotis ausstieg, schrie er: Evdokia, was guckst du so gierig? Es gibt nichts. Niemand hat in unserer Mauer Geld gefunden. Ein Hirngespinst, das die Nachbarn verbreiten, um sich über uns lustig zu machen, erzählt Jorgos, und dann nickt er und macht ein grunzendes Geräusch, das sich wie Tja oder Ja anhört, und verstummt.
Ich komme mir vor wie jemand, der etwas Wertvolles gefunden hat, aber nicht weiß, was er damit anfangen soll. Wir stehen an einer Ampel vor der alten Brücke über den Axios, die nur einspurig zu befahren ist, vor uns ein Lastwagen, mit Schafen beladen. Der Fluß mündet bei Lamia ins Meer, aber jetzt ist er ausgetrocknet, ein Geflecht von Rissen durchzieht das nackte Flußbett. Der Lastwagen fährt an und rumpelt über die Holzbohlen, die Schafe blöken, und ich kurble das Fenster runter, um die Hitze und den Tiergeruch hereinzulassen. Und dann, kurz hinter der Brücke, schere ich aus und beschleunige wie ein Porschefahrer hinter einer ostdeutschen Autobahnbaustelle.

Was ist mit dem Geld? Hat Alexandros etwas gefunden?

Natürlich hat er. Alexandros zeigte in angetrunkenem Zustand das Geld herum und sagte stolz: Das ist nicht mal die Hälfte. Alexandros hat sich also selbst verraten. Außerdem kaufte er mehrere Häuser in Saloniki.

Lebt er noch?

Er wohnt noch immer in Saloniki. Hat geheiratet und eine Tochter bekommen. Aber das Geld hat ihm kein Glück gebracht. Die Frau wurde vom Auto überfahren, und seine Tochter starb an Krebs.

Wir nähern uns der antiken Stadt Pella, dem Geburtsort Alexanders des Großen, und die Ebene wirft sich im Umkreis der alten Siedlung zu seltsamen Wellen auf. Die Hügel sind noch in der Antike angelegt worden. Ihre Kuppen lagen in Rufweite voneinander entfernt, und auf jedem Hügel hatte vor fast zweitausend Jahren ein Rufer gestanden. In Sekundenschnelle ließ sich auf diese Weise eine gute oder schlechte Nachricht ins Herrscherhaus tragen.

Deine Mutter redet nicht gerne über die Vergangenheit, sagt Jorgos plötzlich. Sie sieht die Dinge nicht, wie sie sind, sondern wie sie sein sollen. Wir wußten zum Beispiel alle, daß du dein Studium nicht beenden würdest, aber sobald wir mit ihr darüber reden wollten, sagte sie: Schluß, der Junge studiert Jura.

Ich schweige und versuche mich aufs Fahren zu konzentrieren. Der Verkehr ist dichter geworden. Es ist nicht mehr weit bis nach Messara mit dem kleinen Haus, in dem Panajotis gestorben ist und in dem meine Mutter und Angeliki schon auf uns warten.

Im Flugzeug habe ich versucht, die Begegnung vorwegzunehmen, und mir überlegt, was ich tun und sagen will, aber dann kommt es ganz anders, und alles, was sich in den ersten Minuten nach unserer Ankunft abspielt, geschieht wie von allein. Jeder gesprochene Satz, jede Geste versetzt mich in Erstaunen, und gleichzeitig geht ein Moment fließend in den nächsten über und gibt mir das Gefühl, daß es nur so und nicht anders richtig ist.

Meine Mutter kniet vor einem Koffer und dreht sich nicht um, als ich in Panajotis' Wohnzimmer trete. Auf dem Boden sind Kleider verstreut, alte Anzüge und Hemden, daneben Fotoalben, Vasen, Kleinkram. Ich weiß nicht, ob sie den Koffer ein- oder auspackt.

Wir sind da, sage ich.

Einen Augenblick.

Sie steht auf, und ihr Gesicht ist gerötet. Wir küssen uns, und noch bevor ich etwas anderes sagen kann, drückt sie mir einen Zettel mit der Nummer einer Blumenhandlung in die Hand.

Bestellst du bitte zwei Kränze?

Ich gehe mit dem Zettel durch den schmalen Flur, vorbei am Garderobenspiegel, der mit einem weißen Laken verhängt ist, in Panajotis' Schlafzimmer, wo ein Telefon steht, setze mich aufs Bett und rufe an. Als ich den Hörer auflege, läßt Jorgos sich erschöpft auf das Fußende des Bettes sinken. Sein Poloshirt hat unter den Armen große Flecken.

Daß er hier gestorben ist.

Er schaut sich im Zimmer um, als sehe er den schlichten Kleiderschrank, die Kommode und das Bett mit der braunen, gesteppten Tagesdecke zum ersten Mal. Angeliki kommt ins Zimmer, serviert uns griechischen Kaffee in Mokkatassen und zieht sich wieder zurück, offenbar will sie uns nicht stören. Jorgos hält die Tasse an ihrem winzigen Henkel, trinkt aber nicht, und nachdem wir eine Weile so gesessen haben, tritt meine Mutter in die Tür. Sie trägt einen schwarzen Rock und eine schwarze Bluse, und erst jetzt fällt mir auf, daß ihr lockiges Haar hinten mit einer Spange zusammengefaßt ist, was sie jugendlich aussehen läßt, fast mädchenhaft. Ich suche etwas in ihrem Gesicht, eine Veränderung, aber ich kann keine erkennen. Niemand sagt etwas. Ich betrachte die Kommode an der Wand gegenüber, fleischfarbenes Plastik, die klobigen runden Griffe an den Schubladen sehen aus wie Schweinsnasen. Merkwürdig, denke ich, daß meine Mutter so viele Räume und Häuser eingerichtet hat, und nur in ihrem Geburtshaus, in dem kein Möbel zum anderen paßt, hat sie niemals Hand angelegt. Als sich unsere Blicke begegnen, verziehen sich ihre Lippen zu einem farblosen Grinsen.

Wie war die Fahrt? fragt sie.

Gut.

Hier also, sagt Jorgos und sieht meine Mutter fragend an, als brauche er die Bestätigung für etwas, das er schon weiß.

Ohne etwas zu antworten, wendet sie sich um und geht ins Wohnzimmer.

Die Rolläden vor den Fenstern sind heruntergelassen, und der bauchige Schirm der Stehlampe taucht den Raum in ein rötliches Licht. Draußen rollt ein Wagen vorbei, langsam, wie in einem amerikanischen Vorortfilm, und ein Junge ruft einen Namen, den ich nicht kenne. Jorgos sieht vor sich hin, dann steht er ruckartig auf, als wolle er einen Gedanken abschütteln, und verläßt das Zimmer.

Ich sitze auf dem Bett, in dem mein Großvater gestorben ist, und spüre das Gewicht der niedrigen Decke auf den Schultern. Nichts, aber auch gar nichts liegt herum, keines der Dinge, die in Schlafzimmern herumliegen, und ich frage mich, ob meine Mutter alles weggeräumt hat, nachdem die Männer vom Beerdigungsinstitut Panajotis hinausgetragen haben, oder ob es hier wirklich nichts Persönliches gab. Ich blase die Wangen auf und lasse die Luft mit einem Plopp entweichen. Aus dem Wohnzimmer höre ich die Stimme meiner Mutter:

Wir machen es so, und damit basta!

Ich öffne den Verschluß meiner Uhr und lege sie neben das Wählscheibentelefon und die Tasse auf den Nachttisch. Telefon, Tasse und Armbanduhr auf dem Nachtschrank im Zimmer des Verstorbenen. Ich betrachte die Sachen eine Weile, dann ziehe ich die Uhr wieder an.

Möchtest du noch etwas?

Angeliki ist in der Tür aufgetaucht, und ihre vorstehenden Augen sehen mich durch die dicken Brillengläser freundlich an. Sie ist ein paar Monate jünger als meine Mutter, wirkt aber durch ihren gedrungenen Körper und die schwarzen, einfachen Kleider, die sie schon vor Panajotis' Tod getragen hat, wie eine alte Jungfer. Soweit ich weiß, pflegt sie schon seit Jahren ältere Männer, und jeder hinterläßt ihr nach dem Tod etwas Geld. Wahrscheinlich hat Panajotis sie über eine Anzeige gefunden, auf jeden Fall besuchte meine Mutter ihren Vater seltener, seit Angeliki bei ihm war. Sie schien ihr dankbar zu sein, in Wahrheit aber war sie darüber pikiert, daß eine Fremde die intime Verantwortung der Pflege hatte. Nie versäumte sie es, auf subtile, aber unmißverständliche Art Angeliki das spüren zu lassen, unterschied in ihrer Anwesenheit zwischen ‚ihr' und ‚uns', womit sie Angeliki wie eine Bedienstete in den Hintergrund rückte.

Warst du auch hier? frage ich.

Wann?

Als Panajotis starb.

Angeliki streckt den Arm aus.

Da hat er gelegen, und der Pizzajunge hat gefragt: Stirbt er?

Welcher Pizzajunge?

Wir hatten Pizza bestellt, und bevor Panajotis starb, kam der Pizzajunge. Er wollte dabeisein, und deine Mutter hatte nichts dagegen.

Das hat sie mir nicht erzählt, sage ich.

Angeliki sieht mich erschrocken an, als habe sie etwas verraten, und verschwindet hastig in die Küche.

Meine Mutter räumt die Gläser aus dem Schrank und reicht sie Angeliki, die sie in der Plastikschüssel spült. Jorgos wischt die Holzbretter und legt sie mit frischem Papier aus. Ich lehne im Türrahmen und beobachte, wie meine Mutter mit spitzen Fingern das Geschirr in die Hand nimmt, schnell und mit einer Vorsicht, als sei sie in der Küche ihrer

Kindheit nur zu Gast. Einmal sieht sie mich auffordernd an, aber ich reagiere nicht, sondern gehe durch das Wohnzimmer, in dem das ewige Licht brennt, hinaus auf den kleinen Hof, in dem sich noch die Hitze des Tages staut. Der Boden ist betoniert, Gras wächst durch die Risse. Rechts neben der Tür steht das Becken mit der Wasserleitung, „Neunzehnhundertsiebenundvierzig gebaut“, ist in Versalien in den Lehm geprägt. Ich öffne den Hahn, und Wasser schießt aus dem angerosteten Rohr. Hinter dem Becken ragen verdorrte Sträucher in die Luft, ansonsten ist der Hof leer, ein paar Tonkrüge, Putzeimer, herumliegende Lappen und in der Ecke das Toilettenhäuschen mit der Tonne auf dem Blechdach, in dem sich Regenwasser sammelt.

Ich setze mich auf eine Stufe neben der Tür und ziehe Schuhe und Strümpfe aus. Früher habe ich hier mit Stéphane und Katharina Fußball gespielt, die grauen Abdrücke, die der Ball auf der Wand hinterlassen hat, sind noch zu sehen. Plötzlich taucht meine Großmutter auf und humpelt über den Hof zum Toilettenhäuschen, und im selben Augenblick tritt Panajotis durch das Tor und geht in seinem Charlie-Chaplin-Anzug die wenigen Meter zum Haus an Evdokia vorbei, ohne sie zu grüßen.

Ich stehe auf und balanciere über eine Grasnarbe, da kommt meine Mutter mit einer Plastiktüte aus dem Haus.

Was machst du denn?

Nichts, sage ich.

Sie stellt die Tüte ab, greift nach einem Besen, der hinter dem Becken an der Wand lehnt, und als sie anfängt, den Hof zu fegen, weiß ich, daß es soweit ist. Ich setze mich wieder auf die Stufe und warte. Meistens kommt der Moment, noch bevor ein Wort gefallen ist. Meine Mutter dreht sich beim Fegen um, unsere Augen begegnen sich, und sie hat den Blick, der das Ende ist von allem und der Anfang, den ich viele Kilometer entfernt wie eine Hand im Nacken fühle und der so schwierig zu beschreiben ist, weil er alle möglichen Blicke in sich vereint. Meine Mutter schaut mich an, und ich spüre einen Drang zum Bekenntnis, der in mir steigt wie ein Wasserpegel und Erklärungen, Beichten und Geständnisse an die Oberfläche spült. Ich will sagen: Nein, ich habe das Studium nicht wiederaufgenommen, ja, ich arbeite noch immer als Kurier, aber inzwischen bin ich Teilhaber der Firma, ja, ich habe Freunde, ich wohne in einer Altbauwohnung mit abgezogenen Dielen, ja, ich bin Besitzer eines Sofas von Ligne roset, in dem ich mich ausruhe, wenn ich abends vom Squash komme. Aber ich sage nichts, während ich auf der Stufe vor dem Haus sitze, und der Drang läßt so schnell nach, wie er gekommen ist.

Da sind noch ein paar Sachen für dich, sagt sie und zeigt auf die Tüte neben dem Becken.

Ich ziehe die Tüte näher zu mir heran und werfe einen Blick hinein, während meine Mutter meine Bewegung aufmerksam verfolgt, so als packte ich ein Geschenk aus. Ein goldfarbener Mörser mit einem schweren Kolben und ein Holzlöffel. Der Löffel ist geschnitzt, am ungleichmäßigen Rand des Ovals sind noch die Spuren des Messers zu sehen.

Was ist das für ein Löffel?

Er ist von deiner Großmutter. Mit dem hat Evdokia früher Suppen gekocht.

Ich drehe den Löffel in der Hand, und es kommt mir unwahrscheinlich vor, daß Panajotis den Suppenlöffel seiner Frau aufbewahrt hat, fast dreißig Jahre lang.

Willst nicht du ihn behalten?

Nein, sagt sie schnell, der ist für dich.

Danke, sage ich und stecke ihn in die Tüte.

Angeliki hätte sich am liebsten alles unter den Nagel gerissen.

Meine Mutter steht, beide Hände auf den Besenstiel gestützt, in der Mitte des kleinen Hofs und sieht mich an. Als ich nichts erwidere, fragt sie:

Hattest du Schwierigkeiten, freizubekommen?

Nein, überhaupt nicht, sage ich.

Es ist mir unangenehm, daß ich barfuß bin und daß ich sitze, während sie in ihren Korksandalen vor mir steht. In diesem Augenblick kommt eine Frau aus dem Nachbarhaus hinter der niedrigen Mauer. Sie trägt ein weißes Nachthemd mit dünnen, rosafarbenen Trägern, und sie hat eine Tischdecke über dem Arm. Als sie uns entdeckt, sagt sie:

Guten Abend.

Meine Mutter wendet sich um und grüßt auch. Die Frau betrachtet mich neugierig.

Dein Sohn aus Berlin?

Ja, er ist gerade gekommen.

Ich nicke der Frau zu, und während sie mit ausladenden Bewegungen die Tischdecke ausschüttelt und dabei die weiße, rasierte Höhle ihrer Achsel entblößt, fragt sie:

Morgen ist es soweit?

Morgen nachmittag, sagt meine Mutter.

Ihm möge verziehen werden, sagt die Frau, und bevor meine Mutter etwas darauf erwidern kann, ist sie schon wieder im Haus verschwunden, die gebauschte Decke über dem Arm. Meine Mutter dreht sich zurück, langsam dreht sich ihr Körper, wie früher, denke ich. Sie kommt mir jetzt größer vor, schwerer.

Was macht deine Arbeit?
Sie lächelt, aber ihre Augen bleiben kalt. Vermutlich hofft sie immer noch, daß ich mein Studium abschließe, damit die Welt ihrer Vorstellungen wieder in Ordnung kommt. Früher konnte es passieren, daß ich am Telefon sagte: Ich bin erkältet, und sofort brach am anderen Ende der Leitung eine stille Panik aus, als brächte mein Schnupfen ihr schwererarbeitetes Gleichgewicht ins Wanken.

Läuft ganz gut, sage ich.

Weißt du, was ich mir überlegt habe? Du solltest es mal mit einer griechischen Frau probieren. Vielleicht würden deine Beziehungen dann länger halten. Griechische Frauen sind nicht so kompliziert. Oder, was meinst du?
Ich sehe, wie sich ihre unlackierten Fingernägel ins Holz des Besenstiels drücken, sie hat Angst, denke ich, obwohl ihre Stimme nichts davon verrät. Ich schaue über die Mauer, dorthin, wo eben noch die Nachbarin in ihrem weißen Nachthemd gestanden hat, und sage nichts.

Ach, hab ich dir eigentlich erzählt, daß Evi ein Mädchen bekommen hat? Sie haben sie Litsa genannt.

Ich wußte nur, daß sie geheiratet hat.

Litsa ist ein wundervolles Kind.
Meine Mutter hat den Besen gegen die Mauer gelehnt und versucht, mehrere ineinandergeschichtete Eimer auseinanderzuziehen.

Als ich in Saloniki war, habe ich Evi getroffen. Wir haben zusammen nach Vorhängen geschaut. Ihr Vater hat endlich seinen Widerstand gegen ihren Mann aufgegeben und ihr nach der Hochzeit eine große Wohnung in der Nähe des Hafens gekauft. Toller Blick über die ganze Bucht, wirklich. Fast hätte sie den alten Prekas überredet, eine Wand einzu-

reißen und einen Kamin einzubauen, aber mein Angebot war ihm zu teuer.
Während sie auf dem Boden liegende Tücher in einen Eimer stopft, stelle ich mir vor, wie sich meine Mutter und Evi über Pläne beugen. Die Finger fahren über die Zeichnungen: Hier der Kamin, dort die Sitzecke, alles lichtdurchflutet, optimale Platzausnutzung. Und Evis begeisterten Blick.

Gestern hat sie angerufen und sich nach dir erkundigt, sagt meine Mutter trocken.
Ich warte darauf, daß sie weiterredet, aber ich weiß, daß das nicht geschehen wird. Sie steht am Becken und starrt auf den Hahn, aus dem das inzwischen klare Wasser in breitem Strahl in den Eimer läuft.

–

Evi zog unter dem Bett ein Fotoalbum hervor, plazierte es auf dem Kissen und schlug es auf. Auf der ersten Seite klebte ein Schwarzweißbild, das an den Rändern gezackt war.

Da haben sie sich gerade kennengelernt, und mein Vater führt meine Mutter ins Theater aus, sagte sie.
Ich sah ein junges Paar, das vor einem alten Gebäude stand und keine Ähnlichkeit mit Evis Eltern hatte. Evi kniff die Brauen zusammen und kaute auf ihrer Unterlippe.

Guck, da war sie noch schlank.
Sie schlug die Seite um.

Und das war die Hochzeit. Alle Verwandten sind aus Patmos angereist. Meine Mutter sagt, das war der schönste Tag in ihrem Leben.
Evi schien ein bestimmtes Bild zu suchen, denn schnell blätterte sie weiter. Ihre Nägel hatten kleine, weiße Punkte, was, wie Tante Heinke sagte, vom Kalkmangel kam.

Und das ist meine Mutter nur vier Monate nach der Hochzeit.

Das Farbfoto zeigte eine dicke Frau in einem weiten, wallenden Kleid. Sie saß in einem Sofa vor einer Bücherwand, und ihr Arm lag ausgestreckt auf der Lehne.

Sie hat ganze fünfundzwanzig Kilo zugenommen, stell dir das vor, sagte Evi und sah mich an.

Warum? fragte ich.

Sobald sie verheiratet waren, hat mein Vater seine grimmige Seite gezeigt, sagt meine Mutter.

Evis Fingerkuppe bedeckte das Gesicht ihrer Mutter, und bei der Vorstellung, daß jetzt ihr Vater ins Zimmer kommen könnte, wurde mir schwindelig. Evi trug ein T-Shirt und eine rotweiß gestreifte Bikinihose, ihr eines Bein lag schräg über meinem, und durch die Lamellen der Fensterläden fiel die Nachmittagssonne und zerteilte unsere Haut in schmale Streifen. Ich dachte daran, daß im Nachbarraum Evis Bruder schlief oder so tat, als schliefe er. In den Olivenbäumen hinter dem Haus hörte ich die Grillen zirpen, was eigentlich ein Zischen war und in die Ohren schnitt wie Kratzen auf Glas.

Ich stand auf und zog Evi vom Bett. Wir nahmen die Taucherbrillen, die auf dem Holzstuhl neben der Tür lagen, gingen barfuß über die Steinfliesen im Flur und machten in der Wohnküche Zeitlupenbewegungen. Evis Vater schlief, das Gesicht zur Wand gedreht. Über seinen massigen Körper hatte er trotz der Hitze eine Decke mit Indianermuster gezogen. Aber wo war Evis Mutter? Ins Bad konnte sie nicht gegangen sein, das hätten wir gehört. Evi zuckte mit den Schultern. Ich gab der Schiebetür einen Schubs, und sie wich widerstandslos zur Seite. Evis Mutter saß auf der Ter-

rasse, schenkte uns einen freundlichen Blick und las weiter in einem Buch.
Wir liefen in die Hitze wie in weitgeöffnete Arme. Der Strand war leer. Wir kamen zur Felsplatte und kletterten, an die Wand gedrückt, den schmalen Vorsprung entlang, nahmen die letzten Meter Anlauf und sprangen auf die Klippe, die sich ins Meer hinausschob. An ihrem Ende gab es eine Kuhle, in der noch vom letzten Jahr ein paar schwere Steine lagen. Ich zog mein T-Shirt aus, setzte die Taucherbrille auf und stand am Rand des Felsens, der vielleicht vier Meter hoch war.
Das Meer war ruhig. Dort, wo die Klippen im Wasser bis an die Oberfläche ragten, bildeten sich Schaumkronen. Man durfte nicht zu weit links springen und nicht zu weit rechts, nur wenn man in die Mitte sprang, war es ungefährlich, obwohl das Wasser dunkel war und man nichts sehen konnte.
Ich bückte mich und hob mit beiden Händen einen Stein. Ich wollte mich aufrichten, aber der Stein war zu schwer. Evi legte eine Hand auf meinen Rücken. Gebeugt stand ich an der Kante, der Stein schwang an meinen Armen, ich kippte vornüber und wurde hinuntergerissen. Ein Schlag, und dann fuhr ich mit geschlossenen Augen in die Tiefe. Das Wasser, in das mich das Gewicht an den Armen zog, wurde kälter, der Druck in den Ohren stieg, bis mein Kopf ein tönender Resonanzraum war. Als der Stein auf Grund stieß, spürte ich Sand an den Fingern. Für ein paar Sekunden schlängelte ich im Wasser wie eine Alge, dann schob ich den Kopf die letzten Zentimeter zum Boden und drückte die Tauchermaske in den Grund, und erst als sie ganz eingegraben war, öffnete ich die Augen: Schwärze und dieses Knistern, als würden Hunderte Bläschen zerspringen. Ich wartete, und dann hörte ich, aus weiter Ferne, dumpf und

ruhig, den Schlag meines Herzens, der näher zu kommen schien. Ich lauschte auf dieses Pumpen mit der wahnwitzigen Freude eines Eingeschlossenen, dessen Rettung bevorsteht, und dann brach oder kippte etwas, und ein Strudel durchspülte meinen Kopf.

Am Abend sitzen wir im Wohnzimmer an dem Tisch mit der Plastikdecke und warten auf meine Mutter, die in der Küche nach einem Korkenzieher sucht. Angeliki hat Hähnchen gemacht, Panajotis' Lieblingsgericht, mit Backkartoffeln, die in einer tiefen Lache aus Fett fast untergehen. In der Ecke läuft der alte Sony-Fernseher, wahrscheinlich hat ihn Panajotis aus Deutschland mitgebracht. ET 1 sendet eine Diskussionsveranstaltung zu der Frage: Wie sieht Griechenlands Zukunft in Europa aus? Die einzige Frau in der Runde, eine junge Professorin für Byzantinistik, hält einen kurzen, aber leidenschaftlichen Monolog über die Notwendigkeit einer griechischen Annäherung an die mitteleuropäischen Standards, worauf ein älterer Kollege, der lange Jahre in Amerika gelehrt hat und eine grotesk bunte Fliege trägt, seine Hand auf ihren Arm legt und sagt: Das mit der Annäherung an Europa, schön und gut, aber wissen Sie, das ist doch reine Theorie. In Wirklichkeit ist es Europa, das von Griechenland viel lernen kann. Aber was kann Griechenland schon von Europa lernen, frage ich Sie. Nichts. Absolut gar nichts, sagt er und tätschelt ihren Arm.

Hört, hört, Griechenland kann nichts von Europa lernen, sagt Jorgos.

Bitte nicht jetzt, sagt meine Mutter, als sie aus der Küche kommt, dreht den Ton ab und drückt mir den Korkenzieher in die Hand.

Während wir essen, muß ich mich darauf konzentrieren, nicht auf Angelikis Schmatzen zu achten. Jorgos hat Schwierigkeiten, mit der verbundenen Hand das Messer zu halten, will sich aber nicht von mir helfen lassen und führt die Hähnchenkeule mit der Linken zum Mund, schaut dabei zum jetzt lautlos flimmernden Bildschirm, auf dem der Historiker mit der Fliege gerade mit dem Arm gestikuliert.

Leise setze ich das Weinglas auf den Tisch und sehe Angeliki an.

Sag mal, lebt dein Vater eigentlich noch?

Sie zuckt zusammen, und als sich unsere Blicke begegnen, verzieht sich ihr Mund zu einem kindischen Lächeln, das vorauseilend, wofür auch immer, um Entschuldigung zu bitten scheint, und ich spüre, daß meine Mutter mich von der Seite fixiert.

Lebt dein Vater noch, Angeliki?

Angeliki murmelt etwas, das ich nicht verstehe.

Was? frage ich.

Laß doch die arme Frau in Ruhe, flüstert meine Mutter auf deutsch, aber ich beachte sie nicht.

Er ist vor fünf Jahren gestorben, sagt Angeliki und macht eine Bewegung mit der Hand, die Lang-ist-es-her bedeuten soll.

Wie war er denn?

Sie schaut mich fragend an.

Ich meine, war er ein guter Vater?

Ich weiß nicht, sagt Angeliki.

Ein Blick in ihr hilfloses Gesicht gibt mir kurz das Gefühl, zu weit gegangen zu sein. Jorgos hat beide Hände neben seinen Teller gelegt.

Es gab für uns oft Hiebe, sagt Angeliki und lacht. Mein Vater war nicht wie Panajotis. Panajotis hat euch in Ruhe gelassen.

Was heißt hier, in Ruhe gelassen? ruft Jorgos plötzlich. In Ruhe gelassen ist gut. Wir waren ihm egal, vollkommen egal.

Was redest du! sagt meine Mutter.

Was ich rede? Panajotis hat seine Freundinnen nach Hause gebracht und sie am selben Tisch wie seine Frau essen lassen, das Essen, das Evdokia gekocht hat. Das muß man sich mal vorstellen. Er bringt seine Freundinnen mit nach Hause, um seine Familie zu demütigen.

So ein Unsinn, sagt meine Mutter.

Ja, daran kannst du dich nicht erinnern.

Natürlich nicht, weil es nicht stimmt.

Und daß du Panajotis später in Hamburg mit seinen Freundinnen fotografieren mußtest.

Woher willst du das wissen? Du warst in Griechenland und hast deine Jugend damit vertrödelt, die Haare fremder Menschen zu fönen.

Ja, sagt Jorgos, allerdings. Wie hätten Evdokia und ich auch von den paar Mark leben sollen, die Panajotis uns monatlich geschickt hat.

Meine Mutter schüttelt den Kopf.

Was willst du eigentlich? Dir gehört doch das Haus hier.

Du kannst dich wahrscheinlich nicht mal mehr daran erinnern, wie Vater mit uns nach Saloniki fuhr, angeblich, um Stoffe zu kaufen. Wie er im Bus vor uns saß, den Nakken ausrasiert. Es wird nichts passieren, hast du mir zugeflüstert.

Meine Mutter starrt ihn an. Ihr Unterkiefer sackt nach unten, und für einen Moment sieht sie aus wie ein beschämtes Kind, das man bei etwas Verbotenem ertappt hat.

Ich wünsche, daß ihr mir den morgigen Tag nicht vergiftet, sagt sie, und dann steht sie auf, nimmt ihr Glas und geht in die Küche.

Ich kann sie dort stehen sehen, durch die offene Tür. Sie steht vor den winzigen Fenstern und schaut in den verwilderten Garten, der zur Straße hin von der Mauer begrenzt wird, in der, wie Jorgos behauptet, Panajotis' Bruder Geld gefunden hat.

Wir müssen uns bei ihr entschuldigen, flüstert er.

Wir? Wieso wir? sage ich und wundere mich über den Groll, den ich gegenüber Angeliki empfinde, die noch immer mit offenem Mund kaut. Unbeteiligt sieht sie zum Fernseher, auf dem jetzt die blauen, schlangenartigen Streifen über den Bildschirm laufen, die eine Werbeunterbrechung ankündigen.

Jorgos erklärt sich bereit, im Totenzimmer zu übernachten, Angeliki verschwindet im kleinen Anbau. Da es keine anderen Räume gibt, muß ich mit meiner Mutter im Wohnzimmer schlafen. Als ich vom Toilettenhäuschen zurückkomme, liegt sie schon auf dem Sofa. Die Luft im Zimmer ist drückend. Ich schalte den Tischventilator ein, dessen Kopf sich von rechts nach links und wieder nach rechts zu drehen beginnt. Ich lösche das Deckenlicht und lege mich auf die ausgeklappte Liege vor dem Fernseher. Der Luftzug berührt meine Füße, streicht wie eine Welle über meinen Körper und kehrt nach einigen Sekunden vom Kopf her wieder zurück. Ich sage nicht einmal gute Nacht, meine Mutter sagt auch nichts. Jedesmal, wenn der Ventilator die Richtung wechselt, dringt aus seinem Innern ein Knacken, das sich anhört, als breche ein winziger Knochen. Im Dämmer sehe ich den Körper meiner Mutter auf dem Sofa. Ich sehe ihr linkes Bein, das sie angehoben hat, die Ferse versinkt in der Rückenlehne, und das Nachthemd ist hochgerutscht. Ihr rechtes Bein ist schlaff zur Seite gefallen und ragt über den Rand des Sofas. Ich kenne sie seit siebenundzwanzig Jahren, aber ich weiß nichts von ihr, denke ich.

Als ich am Morgen aufwache, ist meine Mutter schon aufgestanden. Durch die Küchentür fällt hartes Licht auf das Laken, das zusammengefaltet über der Rückenlehne eines Stuhls liegt. Jemand hat mir eine Tasse Kaffee neben die Liege gestellt. Ich setze mich auf und sehe, die Tasse zwischen den Händen, auf das Glas mit der ewigen Flamme. Der Stille nach zu urteilen, ist niemand im Haus.

Ein Raum, groß und hoch und leer. Er dehnt sich aus und kippt, und ein Sog zieht mich rückwärts in eine Ecke, in der ich wie in einem Trichter verschwinde. Dann falle ich durch den schmalen Spalt eines Treppengeländers, Stockwerk um Stockwerk, und als ich denke: Jetzt schlage ich auf, lande ich im Bett, aufgeregt und außer Atem wie ein Kind, das jemand in die Luft geworfen und erst im letzten Moment aufgefangen hat.

Zusammengeklappt paßt die Liege genau zwischen den alten Schrank und die Wand. Ich putze mir am Waschbecken in der Küche die Zähne und beeile mich beim Anziehen, um aus den niedrigen Zimmern schnell an die Sonne zu kommen. Meine Mutter steht im Hof und unterhält sich über die Mauer mit der Nachbarin. Sie trägt einen dünnen, schwarzen Angorapullunder und im Haar wieder die Spange.

Ausgeschlafen?

Danke für den Kaffee, er war genau richtig, sage ich stokkend und spüre das Kribbeln der Sonne auf der Stirn. Der Himmel ist hoch und vielversprechend wolkenlos.

Oh, das war Jorgos.

Meine Mutter verzieht den Mund zu einem undurchsichtigen Lächeln.

Was hast du mit deinem Griechisch gemacht? fragt die Nachbarin.

Unter dem Kragen eines Herrenbademantels schauen die weißen Rüschen ihres Nachthemds hervor.

Du hättest ihn mal früher hören sollen. Jahrelang hat er deutsch geantwortet, wenn ich ihn griechisch angeredet habe. Marko, ist der Anzug neu?

Ja, sage ich, und die beiden Frauen mustern mich.

Plötzlich kommt es mir albern vor, daß ich mich gestern vormittag eigens für diesen Tag neu eingekleidet habe, und bevor ich es mir verkneifen kann, rufe ich:

Was guckt ihr so, habt ihr von mir geredet?

Ich freue mich, dich zu sehen, sagt meine Mutter. Das ist alles. Der Anzug steht dir. Wir haben von Panajotis gesprochen. Daß er einen schönen Tod gehabt hat. Es ist doch schön, in den Armen seines Kindes einzuschlafen, oder? Das ist es doch, was man sich wünscht.

Sie hat sich zur Seite gedreht und berührt mit der Hand die körnige Oberfläche der Mauer. Für einen Moment bin ich sicher, daß sie etwas getrunken hat, aber das kann nicht sein.

Ja, sage ich und durchquere schnell den Hof.

Begleitest du mich nachher in die Stadt? ruft sie mir hinterher, aber ich bin schon durchs Tor gegangen.

Panajotis' Haus ist in der Straße eines der wenigen alten Gebäude. Die meisten sind Neubauten, um die sich die Balkone ziehen wie graue Bänder. Das Kreischen einer Kreissäge dringt aus dem Souterrain des Hauses gegenüber, und der Boden davor ist mit Holzmehl überzogen. Ich gehe das kurze Stück den Hang hinauf, vorbei an der Kirche, in der später der Gottesdienst stattfinden wird, und dann die Straße hinunter Richtung Zentrum. Trotz der frühen Stunde ist es schon heiß, und ich bleibe im Schatten der Markisen, die zu Lebensmittelläden, Schneidereien und Schusterwerkstätten gehören, in denen kaum ein Kunde zu sehen ist.

Je näher ich dem Verkehrskreisel komme, desto städtischer werden die Geschäfte. Es gibt Parfümerien, Uhrenläden, Jeans-Shops, Reisebüros. Die Konditorei hat gerade aufgemacht, und die Verkäuferin fegt den Gang hinter der Theke. Ich trete ein und warte, bis sie sich die durchsichtigen Zellophanhandschuhe übergestreift hat, dann bestelle ich ein Pfund von den trockenen Keksen in Zopfform, die wir Panajotis früher mitgebracht haben, und beobachte, wie die Verkäuferin das Gebäck in den blauen Karton packt. Mit vorsichtigen Handgriffen schichtet sie die Kekse in Lagen übereinander, einmal längs, einmal quer, und das Knistern des Zellophans, das dabei entsteht, treibt mir einen Schauer über den Rücken.

Kundenkontakte – das sind die Momente, die ich an meiner eigenen Arbeit besonders schätze: Nach längerer Fahrt stehe ich in einer Firma vor dem Tisch der Sekretärin und überreiche den bestellten Umschlag oder das Paket. Alles geschieht rasch und reibungslos, denn die Ware wird dringend benötigt, und dementsprechend ungeduldig wurde ich erwartet. Manchmal werde ich auch von den Chefs persönlich empfangen, und während sie die Umschläge aufreißen und einen prüfenden Blick hineinwerfen, schaue ich mich in den Büros um und registriere die Familienfotos auf dem Schreibtisch und die Bilder an der Wand. Zwei Minuten später sitze ich wieder im Wagen, auf dem Weg zum nächsten Auftrag und mit dem befriedigenden Gefühl, bis in die innersten Bereiche eines Betriebs vorgedrungen zu sein.

Soll ich eine Schleife drumbinden? fragt die Verkäuferin.

Ja, bitte.

Trotz der Handschuhe bewegen sich ihre Finger grazil und schnell.

Noch etwas?

Nein, perfekt, sage ich.

Sie hält den Karton über die Glasvitrine, und ich krame ein Bündel Noten aus der Tasche, fische einen Schein hervor, und als sie ihn entgegennimmt, bin ich auf einmal voller Zuversicht. Weder Jorgos noch ich werden meiner Mutter diesen Tag vergiften. Außerdem freue ich mich, Heinke und Makis wiederzusehen, die wahrscheinlich längst im Flugzeug sitzen und die Alpen überqueren. Makis ist ein großer, stiller Mann mit grauen Schläfen und einem Gesicht wie Gregory Peck. In seiner Anwesenheit habe ich mich, solange ich nicht reden mußte, immer wohl gefühlt, aber auch er spricht nicht viel. Meine Mutter und ich sind früher, wenn wir in Blankenese waren, oft in seine Praxis gefahren, um ihn abzuholen oder weil meine Mutter ein Rezept benötigte. Die Praxis liegt im Erdgeschoß eines Neubaus direkt an der Elbe, es roch nach alten Möbeln, und auch wenn im Wartezimmer kein Stuhl mehr frei war – manche Griechen reisen extra aus Hannover an –, wirkten die Räume immer etwas verschlafen. Die Patienten saßen auch im Gang, blätterten in Zeitschriften und sprachen, wenn überhaupt, nur leise. Makis hielt sich die meiste Zeit im schmalen, rauchverhangenen Hinterzimmer auf, das nicht nur durch eine Tür, sondern zusätzlich durch einen braunen Vorhang von den Behandlungsräumen abgetrennt war. Er lag auf der Couch, las die Ärztezeitung, diktierte einer Helferin Berichte oder hielt manchmal sogar Mittagsschlaf, und wenn meine Mutter mich an den Wartenden vorbei in dieses Séparée führte, fühlte ich mich so erhaben, als wäre ich selbst der Arzt, und ich lächelte die Patienten vertraueneinflößend an, wie ich es bei meinem Onkel gesehen hatte.

Am Kreisverkehr ragen einige Palmen in den Himmel. Ein Polizist mit Sonnenbrille telefoniert an einem Kiosk. Eine junge Frau im Kostüm schließt die Tür einer Bankfiliale auf. Sonst ist der Platz so gut wie ausgestorben, Samstagvormittag, kurz bevor der Wochenendansturm einsetzt. Das Schaufenster des Benetton-Shops ist noch vergittert. Ein Junge sitzt neben Obstkisten auf der Ladefläche eines Pickups, den Kopf gegen die Seitenwand gelehnt, als schlafe er. Ich lasse mich auf einer Bank am Rande des Platzes nieder und halte mein Gesicht in die Sonne. In meinem Kopf ist eine gleißende Helle, die meine Gedanken angenehm verlangsamt, und ich bleibe so lange sitzen, bis mir unterm Hemd der Schweiß die Seiten hinunterläuft.

Auf dem Rückweg kaufe ich beim Kreiselkiosk ein Eis und schlendere dann langsam die Straße hoch. Kurz bevor ich Panajotis' Haus erreiche, biege ich in einen Seitenweg, komme an der Grundschule vorbei und nähere mich dem Haus von der Rückseite, vom verwilderten Garten her. Zwischen Garten und Sandweg steht tatsächlich eine Mauer, etwas niedriger als die Mauer vorne im Hof, eigentlich ein Mäuerchen, aus dem alle paar Meter einbetonierte Metallstangen emporragen, die früher vielleicht einen Maschendrahtzaun gehalten haben. Hier also soll Alexandros, Panajotis' älterer Bruder, türkisches Geld gefunden haben. Das Mäuerchen ist verputzt, so daß nicht mehr festzustellen ist, ob es jemals lockere Steine oder Löcher im Mauerwerk gegeben hat. Ich kicke mit der Schuhspitze gegen die vernarbte Oberfläche. Es ist, als hätte ich eine Pflicht erfüllt.

Angeliki sitzt am Tisch. Als ich in die Küche komme und den Karton abstelle, fragt sie:

Was ist das?

Kekse.

Ich höre meine Mutter im Schlafzimmer telefonieren und stelle mich in die Tür, die Hand gegen den Rahmen gestützt. Meine Mutter, den Hörer am Ohr, lächelt mir zu.

Meine Mutter möchte zum Blumenladen, um wegen der Kränze noch etwas zu besprechen, und danach zu einer alten Freundin, deren Name mir nichts sagt und die ein Geschäft für Brautmoden führt. Wir gehen langsam, sie hat sich bei mir untergehakt, und wir schweigen. Ich bin froh, daß sie nicht wieder von Evi anfängt.

Früher gingen wir oft spazieren, an der Alster oder durch den Nationalpark von Athen. Meistens erzählte sie von ihren Kunden, von deren Häusern und Geschäften, oder sie kritisierte deren Ehen und sagte voraus, wann sie in die Brüche gehen würden. Am liebsten aber sprach sie von mir und dem, was kommen würde. In ihren Erzählungen schritten wir durch meine Zukunft wie durch leere, frisch renovierte Zimmer, die sie mit stilsicherem Blick ausstaffierte. Sie wußte genau, was ich verdienen und wie viele Räume mein zukünftiges Domizil umfassen würde. Sie kaufte Möbel, sie hängte Bilder auf, sie konstruierte Kamine und entwarf sogar Fliesen für mein Bad. Später, als ich schon in Berlin studierte, verschoben sich die Verhältnisse. Sie war still geworden und erwartete von mir Berichte von Kaffeerunden bei Professoren, vom Theater, von irgendwelchen Berliner Großereignissen. Ich erfand Anekdoten, aber was ich auch erzählte, es entsprach nicht ihren Vorstellungen, und ihre Kommentare hatten etwas Gekränktes. Seit ich das Studium abgebrochen hatte, sind unsere Spaziergänge selten geworden.

Wir kommen an der Konditorei vorbei, in der ich vorhin die Kekse gekauft habe. Ich hebe grüßend die Hand, als die Verkäuferin in unsere Richtung schaut, aber sie erkennt mich nicht.

Was ist das für eine Geschichte mit Alexandros und dem Geld, das er damals in der Mauer hinter dem Haus gefunden hat? frage ich.

Meine Mutter sieht mich verwundert an.

Wer hat dir das erzählt?

Jorgos.

Ach Jorgos, natürlich. Es ist Jorgos' Geschichte, sagt sie.

Was soll das heißen?

Daß es Gerede ist, nichts weiter.

Also hat Alexandros kein Geld in der Mauer gefunden?

Natürlich nicht.

Und er hat sich auch keine Wohnungen und Häuser in Saloniki gekauft?

Doch. Er hat Häuser gekauft. Na und? Ich habe auch eine Wohnung in Athen. Was hat das zu sagen?
Sie zieht die Hand unter meinem Arm weg.

Woher hatte er das Geld? frage ich.

Er hat es verdient.

Wie?

Als Rechtsanwalt natürlich. Meinst du, er hätte das türkische Geld nötig gehabt?

Warum wurde nie über Panajotis' Bruder gesprochen?

Was meinst du damit?

Warum in unserer Familie nie über Alexandros gesprochen wurde.

Das ist mir neu.

Warum kenne ich ihn nicht?

Du kennst ihn. Er hat uns in Hamburg besucht, als du klein warst.

Ich kann mich nicht erinnern. Und später, warum gab es nie Kontakt?
Meine Mutter bleibt stehen.

Was ist los?

Es muß doch einen Grund geben, warum ihr Alexandros vor mir verheimlicht habt, sage ich.
Sie schüttelt den Kopf.

Nur weil du dich nicht erinnern kannst, verdächtigst du andere.
Ich habe den Eindruck, dem Ziel so nahe zu sein, daß ich es nicht mehr erkennen kann. Wir stehen uns gegenüber, und meine Mutter lächelt übertrieben, wie immer, wenn sie ungeduldig ist. Auf der anderen Straßenseite sehe ich eine Zigeunerin mit einem bunten Kopftuch und ein kleines Mädchen, das den Passanten seine Hand entgegenstreckt.

Es ist nicht deine Schuld, sagt meine Mutter auf einmal. Sie nimmt meinen Arm, und wir gehen weiter. Die Finger ihrer Linken drücken sich in meine Haut, und plötzlich kommt es mir vor, als setze sie ihre Schritte mit der Vorsicht einer alten Frau. Den Blick auf ihre Schuhe gerichtet, sagt sie nebenbei, so daß ich den Satz fast nicht gehört hätte:

Jorgos braucht diese Geschichten.

Ich warte darauf, daß sie weiterspricht, aber sie sagt nichts mehr, und wir nähern uns dem Kreisel. Ich kämpfe gegen den Impuls, schneller zu gehen, während die Schritte meiner Mutter langsamer werden, und ich muß an einen Abend in Hamburg denken, vor bestimmt über zehn Jahren.

Als ich damals nach Hause kam, saß meine Mutter im Wohnzimmer auf dem Sofa und betrachtete Fotos, die auf dem schweren Schiefertisch lagen. Ich wollte ihr eine gute Nacht wünschen und schnell in mein Dachzimmer verschwinden, aber sie sagte:

Guck doch mal!

Ich behielt die Jacke an und setzte mich auf die Kante des Sessels, und erst jetzt sah ich, daß sie geweint hatte. Sie lächelte entschuldigend und sagte:

Ich weiß, ich soll nicht weinen. Es ist nur, weil ich dankbar bin.

Sie senkte den Blick und betrachtete die Fotos. Auf den Bildern war nur eine Person zu sehen. Ich im Schnee, auf einem Schlitten sitzend. Ich am Strand, nackt vor einer Sandburg, eine hellblaue Schaufel durch die Luft schwingend, die farblich zu der Jeanskappe paßte, die mir ins Gesicht gerutscht war. Ich im Schneidersitz auf unserem grünen Teppich, an den Füßen feuerrote Gummistiefel. Ich mit Schultüte in der Hand und häßlichen braunen Cordjeans, unter deren Schlag die Schuhe verschwunden waren. Vielleicht waren auch Sommerbilder dabei, aber auf keinem waren Stéphane, Katharina oder Evi zu entdecken, als hätte der Blick meiner Mutter schon beim Fotografieren nur ein Objekt zugelassen. Ich wollte schon aufstehen und aus dem Zimmer gehen, da sagte sie:

Das ist mein Lieblingsbild.

Sie schob mir ein Bild zu, und ich tat ihr den Gefallen und nahm es in die Hand. Auf dem Foto war ich vielleicht vier. Ich trug eine olivgrüne Militäruniform und einen Helm und zielte mit einem Spielzeugmaschinengewehr auf den Betrachter. Von meinem Gesicht war nur eine Hälfte zu sehen, die andere verdeckte der Gewehrkolben. Ich sah die weiche, etwas gerötete Wange.

Ziemlich aggressiv, der junge Mann, sagte ich.

Aggressiv?

Meine Mutter nahm mir das Bild weg.

Aggressiv würde ich nicht sagen. Konzentriert.

Sie hielt das Foto an der Ecke, mit Daumen und Zeigefinger, und betrachtete es eine Weile.

Erinnerst du dich, wie wir in der Kirche in Messara waren? fragte sie. Du wolltest unbedingt von Anfang an dabeisein, und deshalb standen wir seit sieben Uhr morgens zwischen den alten Frauen im Gestühl. Als der Gottesdienst zu Ende war, stellten wir uns in die Schlange, um die Hand des Popen zu küssen. Dann warst du an der Reihe. Der Pope wartete darauf, daß du seine Hand küßt. Aber du hast ihm deine hingehalten. Der Pope hat gelacht und hat den Rükken deiner Hand geküßt.

Während meine Mutter sprach, blickte sie mich an, das heißt, ihr verschwommener Blick schaute durch mich hindurch und sah einen anderen, größeren Marko, der hinter mir zu stehen schien. Ich sagte nichts. Ich saß auf der Sesselkante, und während meine Mutter über eine Zeit redete, an die ich mich nicht erinnern konnte, zog sich meine Kopfhaut zusammen. Es war ein seltsames Gefühl, ein angenehmes warmes Kribbeln. Ich kannte es von früher, in bestimmten Situationen hatte es sich eingestellt: wenn jemand den Reißverschluß meines Anoraks hochzog oder wenn meine Mutter mir das Haar schnitt und ihre Finger die Strähnen aus den Zinken der Maschine pulten.

Hat Jorgos dir auch von dem Handwerker erzählt, der im Keller des Hauses etwas reparieren sollte, spurlos verschwand und Monate später in Athen als steinreicher Mann wieder aufgetaucht ist? fragt meine Mutter jetzt.

Nein, sage ich.

Die Geschichte erzählt Jorgos nämlich sonst immer.

Ich verstehe nicht, was du meinst.

Ich meine, daß Jorgos mal die und mal die Geschichte erzählt. Er braucht diese Geldmärchen von Panajotis' Haus, es ist seine persönliche Liturgie, dic er seit Jahrzehnten wiederholt. Guck dir doch an, wie er lebt. In dieser winzigen Wohnung in Hamburg. Ohne Familie. Er wirft uns immer noch vor, daß er nicht studiert hat. Er wirft Panajotis vor, daß er ihn und Evdokia damals allein gelassen hat und nicht aus Hamburg zurückgekehrt ist. Seit fast dreißig Jahren lebt Jorgos selbst in Deutschland, aber in Wahrheit hat er Griechenland nie verlassen. Er hält sich an Panajotis' Haus fest wie an einem Lottoschein, der irgendwann, wenn man nur genügend Geduld aufbringt, den großen Gewinn abwirft. Man kann über Panajotis sagen, was man will. Er hat sich um uns gekümmert. Er hat dafür gesorgt, daß dein

Onkel Arzt geworden ist, daß ich studieren konnte. Auch Jorgos hätte etwas anderes machen können, wenn er gewollt hätte.
Ich sehe an meiner Mutter vorbei in die Auslage eines Geschäfts für Sportschuhe.

Was gab es für einen Streit zwischen Alexandros und Panajotis, was ist mit dem Loch in der Mauer? Was ist das für Geld, das Alexandros gefunden hat? frage ich.
Meine Mutter schaut mich an wie jemanden, der die Zusammenhänge nicht versteht.

Schon als Kind wolltest du immer mit dem Kopf durch die Wand. Du hast dich festgebissen und nicht mehr losgelassen, auch wenn es um nichts ging, sagt sie und geht über die Straße.
Ich glotze ihr hinterher. Dann drücke ich die Glastür auf und betrete den Schuhladen. Die Klimaanlage rauscht, und die Metallstäbchen des Windspiels an der Decke klirren leise, als die Tür wieder zuschnappt. Die junge Verkäuferin lehnt am hinteren Ende des Raums am Tisch mit der Kasse, die Arme vor der Brust verschränkt, und blickt mich träge an. Sie trägt Jeans und ein enges weißes T-Shirt und wirkt, als stehe sie schon immer zwischen den in Reihen aufgestellten Jogging-, Tennis- und Basketballschuhen und den überdimensionalen Neonschriftzügen an der Wand. Ich schaue mich um. Die Arme noch immer verschränkt, kommt sie auf mich zu. Ich sage, daß ich ein Wildledermodell von Puma probieren möchte, Größe zweiundvierzig, und zeige in die Auslage im Fenster.

Im Lager, ich muß gucken gehen, ob wir die Größe noch dahaben, sagt die Verkäuferin.

Gut.

Ich will mich abwenden und ein anderes Modell in die Hand nehmen, aber sie bleibt stehen und sieht mich an.

Willst du Musik hören? Soll ich Musik anmachen?

Wieso? Ist das Lager so weit weg?

Nein, nein. Ich dachte nur. Aber wenn du gar nicht willst –.

Sie geht ein paar Schritte rückwärts, dreht sich um und verschwindet hinter dem Vorhang. Ich setze mich auf einen Hocker, ziehe die Schuhe aus und warte.

Nach kurzer Zeit bringt sie einen Karton, kniet sich wortlos vor mich hin, schält die Schuhe aus dem knisternden Papier und beginnt, die plastikverstärkten Enden der Schnürsenkel durch die Löcher zu fädeln. Ich sehe ihren nackten Fuß, der in einer Riemchensandale steckt. Ihre Nägel sind rot lackiert, der kleine Zeh ragt über die Sandale hinaus und berührt den Teppichboden. Die Finger der Frau schlagen mit einer geschickten Bewegung die Lasche nach außen, und ich schlüpfe in den rechten Schuh.

Du hast einen Akzent. Woher kommst du?

Aus Deutschland, sage ich.

Ich sehe auf ihren schnurgeraden Mittelscheitel. Ihr Kopf ist so nah, daß ich mich beherrschen muß, nicht mit dem Daumen über die Linie zu fahren.

Machst du Urlaub in Messara?

Ich gehe zu einer Beerdigung.

Oh, macht die Verkäuferin und schaut auf.

Mein Großvater ist gestorben.

Das tut mir leid, sagt sie und sieht mich mitfühlend an.

Schnell blicke ich auf den Turnschuh, und sie bindet ihn zu, für mein Gefühl aber nicht fest genug. Ich gehe im Laden hin und her und prüfe den Sitz im Spiegel. Die Schuhe gefallen mir, vielleicht weil das Beige des Wildleders nicht zu der Anzughose paßt.

Wie ist sein Name? fragt sie, während ihr Blick an meinen Füßen haftet.

Panajotis Tzaweas.

Tzaweas, Panajotis. Nie gehört.

Ich hab ihn kaum gekannt, sage ich.

Sie hebt den Kopf und schaut mich an, als könne ich jeden Moment in Tränen ausbrechen.

Es tut mir sehr leid, sagt sie.

Ich wende mich ab, um die Turnschuhe im Spiegel zu betrachten und sage:

Irgend etwas stört mich.

Die Verkäuferin sieht auf die Schuhe.

Ich bringe dir was anderes.

Ich setze mich auf den Hocker, plötzlich erschöpft, und solange sie im Lager nach einem zweiten Paar Schuhe sucht, schaue ich durch die leicht getönte Scheibe auf den Verkehrskreisel mit den Palmen und dem Kiosk. Der Junge, der vorhin auf der Ladefläche des Pick-ups geschlafen hat, legt gerade eine Wassermelone auf die Hängewaage, während sein Vater von einer alten Dame Geld entgegennimmt. Und dann, auf dem Bürgersteig auf der anderen Seite der Straße, sehe ich meine Mutter. Sie hat einen in Papier gewickelten Blumenstrauß in der Hand und steht bei einer älteren Frau. Die Frau hält meine Mutter am Arm und redet auf sie ein, während meine Mutter nickt und immer wieder zu mir hinschaut. Da fällt mir ein, wie ich einmal vom Sommerhaus zum Strand hinunterkam. Meine Mutter saß mit Onkel Makis und meiner Cousine im Schatten des Sonnenschirms. Sie unterhielten sich und lachten. Unbemerkt stapfte ich durch den heißen Sand auf sie zu. Sie waren eine Einheit, mit der ich nichts zu tun hatte. Ich sah meine Mutter, und sie war fremd. Als sie mich entdeckte, lächelte sie und sagte:

Komm, Marko, setz dich zu uns in den Schatten.

Da ich den Autoschlüssel in der Tasche habe, muß ich nicht zurück ins Haus. Ich steige in den Corolla, lasse die Fenster heruntersurren und nehme die Straße stadtauswärts Richtung Florina, vorbei an dem Fußballplatz und einem halben Dutzend Basketballfeldern, die hinter den letzten Siedlungen gleichsam aus einem Werbespot heraus in die Landschaft gebeamt wurden. Ich bin nicht in Eile, wie immer, wenn ich kein bestimmtes Ziel habe, und nachdem ich im Radio nur Sender mit griechischer Volksmusik gefunden habe, stelle ich es aus und lausche auf das Rauschen, mit dem der heiße Wind durch den Wagen wirbelt. Die Luft an den Schläfen, der sonnenheiße Lack der Autotür unter der Hand, der Gurt, der beim Atmen vom Bauch leicht angehoben wird. Die Straße ist leer, hin und wieder kommen mir Pick-ups oder Überlandbusse entgegen, hinter deren Frontscheiben Heiligenbildchen baumeln.

Ich weiß nicht, wie viele Tausende Kilometer ich schon durch Griechenland gefahren bin. Es gehört zu den Gepflogenheiten meiner Mutter, daß sie in Griechenland nur mit deutschen Kennzeichen unterwegs ist – um den Zoll zu umgehen, aber auch aus Gründen der Repräsentation. Das hat zur Folge, daß ihre Wagen nicht länger als ein halbes

Jahr im Land bleiben dürfen. Die Einfuhr erledigt oft einer ihrer Mitarbeiter, aber für die Ausfuhr war früher ich zuständig. In den ersten Jahren nahm ich die Strecke Saloniki–Skopje–Belgrad–Zagreb–Salzburg, erst als die Unruhen in Jugoslawien ausbrachen, versuchte ich die umständliche Route über Bulgarien und Ungarn, und später fuhr ich mit der Autofähre nach Italien, weil es weniger anstrengend war und ich die Strecke von Athen durch das Landesinnere nach Igoumenitsa, dem Ort, in dem die Fähren ablegen, mochte. Die Landschaft wechselt unablässig. Eben führte die Straße noch durch karstige Weiten, schon schlängelt sie sich einen dichtbewaldeten Berg hinauf, und im nächsten Augenblick durchquert sie eine Hochebene mit Obstbäumen. Und genauso schnell wechselt das Wetter. Strahlender Sonnenschein, aber bereits hinter der nächsten Kurve kann eine Nebelbank warten, oder sturmartige Winde drücken das Auto gefährlich zur Seite. Mir gefiel diese unwirtliche Gegend, weil sie nichts mit dem blauweißen Strandgriechenland zu tun hat. Falls ich einmal hier leben sollte, dachte ich, dann in einem winzigen Bergdorf, weitab vom Schuß, wo am Straßenrand Honig verkauft wird und die alten Männer vor dem Kafeneion Wanderschuhe tragen.

Einmal tauchte auf dieser Strecke, mitten im Gebirge und Kilometer von der nächsten Ortschaft entfernt, am Straßenrand ein Junge auf und machte mir ein Zeichen, das unmißverständlich Hunger bedeutete. Erst fuhr ich an ihm vorbei, aber als er im Rückspiegel kleiner wurde, stieg ich auf die Bremse und hielt sechzig, achtzig Meter weiter. Ich beobachtete ihn im Spiegel, der Junge kam nicht näher, und außer ihm war niemand zu sehen. Die Straße wand sich in breiten Serpentinen bis hinauf zu einem nahe gelegenen Paß, hinter dem es nach Ioannina wieder hinunterging. Dichte Wolken umhüllten den Gipfel eines Berges, und ich konnte den Wind rauschen hören. Es war Spätsommer, aber hier oben mußte es kalt sein. Stundenlang hatte ich das Auto nicht verlassen, auf dem Beifahrersitz lagen die Straßenkarte und Kassetten. Ich drehte die Musik aus und beobachtete den Jungen weiter im Spiegel, noch immer hatte er sich nicht bewegt. Er trug ein braunes T-Shirt und eine dunkle Hose, die er fast bis zu den Knien hochgekrempelt hatte, ich schätzte ihn auf zehn oder zwölf. Er starrte unter seinem schwarzen Haar zu mir hin, und als ich nach einer Minute noch immer nicht ausgestiegen war, machte er wieder das Hungerzeichen, ein Sägen der Handfläche in Höhe des Magens. Ich griff nach einer Flasche Cola, angelte Äpfel, Brot und Schokolade vom Rücksitz und stieg aus. Es war noch kälter, als ich gedacht hatte. Aus irgendeinem Grund ließ ich die Tür offenstehen, und dann ging ich auf den Jungen zu, und alle paar Schritte drehte ich mich um und sah nach dem dunkelblauen Saab, den ich ordnungsgemäß bis nach Hamburg zu chauffieren hatte, um ihn in einer Parkbucht vor unserem Haus abzustellen. Seit die Grenzen nach Rußland und Albanien durchlässig geworden waren, wurden viele Geschichten erzählt, von Bandenüberfällen, von Trickbetrügereien ganzer Familien, aber solche Schauermärchen hatte ich schon als Kind oft gehört, etwa als wir nachts mit dem Autoreisezug von Ljubljana nach Belgrad fuhren, und nie war etwas passiert. Und dann stand ich vor dem Jungen. Er streckte mir die Hände entgegen, um zu zeigen, daß er keine Waffe hinter dem Rücken versteckt hielt, oder damit ich ihm Eßbares hineinlegte. Noch immer sah er mich an, ernst, während ich ihm die Flasche überreichte und den Proviant in seine Arme türmte.

Sprichst du Griechisch?

Ein bißchen.

Woher kommst du?

Albania.

Wo wohnst du?

Er machte mit dem Kopf eine Bewegung Richtung Tal. Ich hatte einen Geldschein aus der Hosentasche gefummelt und wollte ihn dem Jungen zwischen die Finger schieben, als ich wenige Meter entfernt, halb verborgen von einem Felsen, einen Mann entdeckte. Düster starrte er mich an. Er richtete sich auf, blieb aber stehen. Der Junge war ihm wie aus dem Gesicht geschnitten. Das gleiche dunkle, widerspenstig abstehende Haar, der gleiche undurchdringliche Blick.

Wer ist das? fragte ich.

Mein Vater, sagte der Junge.

Ich machte einen Schritt zur Seite, um erkennen zu können, ob hinter dem Felsen möglicherweise die ganze Sippschaft lauerte, aber außer dem Mann war niemand da. Der Wind riß an meinem Hemd, und ich wunderte mich, daß die Autotür nicht zuschlug. Ruckartig drehte ich mich um. Der Wagen stand in der Sonne, die soeben durch die Wolken gebrochen war.

Hallo! rief ich zum Vater und hob den Arm, aber weder der Vater noch der Junge reagierte.

Warum hockt er hinter dem Felsen? fragte ich.

Nur so. Er beschützt mich.

Ist da noch jemand?

Mein Bruder, sagte der Junge.

Ach, dein Bruder ist auch da. Warum kann ich ihn nicht sehen?

Weil du ihn nicht sehen sollst, sagte der Junge und wandte den Blick nicht von mir ab.

Macht ihr das oft? An der Straße stehen und hinter Felsen warten?

Ich trat von einem Fuß auf den anderen. Mir war kalt. Der Junge antwortete nicht.

Dein Vater beschützt dich also. Das ist gut. Hier, nimm!

Ich klemmte ihm die Note unter den Zeigefinger und nickte seinem Vater zu. Da er keine Miene verzog, ging ich zurück zum Saab, der wegen der offenstehenden Tür etwas Lächerliches, Verletzliches an sich hatte. Ich ging so ruhig wie möglich. Auf einmal, bildete ich mir ein, hörte ich ein Rufen, die klare Stimme eines Kindes, aber ich drehte mich nicht um. Wahrscheinlich ist es nur der Schrei eines Bergvogels gewesen, dachte ich, und kurze Zeit später saß ich im Wagen und rauschte davon.

Kein Wind, keine Berge, keine Wolken. Die Straße führt schnurgerade durch flaches Ackerland. Hin und wieder tauchen entfernt kleine Ortschaften auf, und dann komme ich an einem See vorbei, auf dem die winzigen weißen Segel der Boote in der Sonne leuchten. Ich überlege, ob ich anhalten soll, um mich ans Ufer zu legen, aber bevor ich mich entscheiden kann, liegt der See schon hinter mir. Am liebsten würde ich immer weiterfahren, die sich kaum verändernde Linie des Horizonts im Blick, würde willenlos der Straße folgen, bis die albanische oder mazedonische Grenze mich stoppt, und dann weiter in den Abend fahren, ins Krisengebiet, Scheinwerfer, Geschrei, Hände aufs Dach! Nicht bewegen! Wo wollen Sie hin? Was führen Sie bei sich? In dem Film des griechischen Regisseurs gleitet die Kamera einen Grenzzaun entlang. Es ist dunkel, und der Hügel, auf dem die Grenze verläuft, ist schneebedeckt. Im Zaun hängen Menschen, regungslos, deren Gesichter nicht zu erkennen sind.

Der letzte Auftrag, den ich für meine Mutter ausführte, hätte fast in einer Katastrophe geendet. Es ging um den alten Opel, den sie schon lange hatte loswerden wollen. Schließlich hatte sie ihn einem der Arbeiter, die sie manchmal für einen Innenausbau beschäftigt, verkauft, einem sogenannten Schwarzmeergriechen, der erst nach dem Zusammenbruch der UdSSR nach Athen gekommen war. Der Schwarzmeergrieche wollte den Wagen nach Rußland exportieren und ihn in Moskau weiterverkaufen, und der Einfachheit halber wollte er ihn gar nicht erst auf seinen Namen anmelden. Da meine Mutter nicht bereit war, zuzulassen, daß er mit ihrem Kennzeichen durch halb Europa kutschierte, noch dazu durch die gefährlichste Region des Kontinents, verlangte sie, daß er die Schilder an der griechischen Grenze abgab. Wie er ohne Schilder von dort nach Moskau komme, sei nicht ihr Problem, sagte sie. Meine Aufgabe bestand darin, den Schwarzmeergriechen bis zur bulgarischen Grenze zu begleiten, dort die Nummernschilder abzuschrauben und mich nach Saloniki durchzuschlagen, um dann nach Athen zurückzufliegen.

Du mußt die Schilder auf jeden Fall mitbringen, sonst sind wir verloren, sagte sie und malte in den düstersten Farben aus, was passieren könnte, wenn der Schwarzmeergrieche ihre Nummernschilder dranlassen und einen Bulgaren, Rumänen oder wen auch immer totfahren würde.

Bis an unser Lebensende müssen wir zahlen. Er wird natürlich versuchen, dich zu becircen, um die Schilder behalten zu können. Ich kenne diese Sorte, sagte sie.

Kein Problem, antwortete ich.

Am nächsten Morgen bestiegen der Schwarzmeergrieche und ich den dunkelgrünen Opel Senator. Ich hatte nichts bei mir außer der Sonnenbrille und dem kleinen Schraubenzieher, den ich sofort auf die Ablage zwischen den Sitzen legte. Der Schwarzmeergrieche, ein untersetzter Mann mit einem breiten Gesicht und tiefbrauner Haut, verstaute eine riesige Nylontüte auf dem Rücksitz, quetschte sich hinters Steuer und stieß den Schalthebel krachend in den ersten Gang.

Auf geht's nach Moskau, sagte er.

Ich kurbelte das Seitenfenster herunter. Meine Mutter stand vor dem Haus und rief mir Nicht vergessen! zu, während der Wagen vom Bürgersteig auf die vierspurige Straße rollte.

Wie Makis halte ich es nur schwer auf dem Beifahrersitz aus. Bei jedem Spurwechsel drehe ich mich nach hinten, um sicherzugehen, daß wir nicht von einem herandonnernden Lastwagen mitgerissen werden. Aber jetzt, neben dem Schwarzmeergriechen, der, wie er mir sogleich mitteilte, Dimitri hieß, war mir alles egal. Ich fühlte mich wohl, obwohl Dimitri alles andere als gut Auto fuhr. Er schaltete bei dreißig in den dritten Gang, schaute nicht vor, sondern nach einer Kurve zur Seite, machte überhaupt das meiste mit leichter Verzögerung und verpaßte aus ebendiesem Grund den Abzweig zur Autobahn, weshalb wir eine weitere halbe Stunde durch den dichten Morgenverkehr schlingerten. Ich bin es von den Kurierfahrten her gewohnt,

Schilder schon von weitem zu erkennen, und ich hatte frühzeitig den blauen Autobahnpfeil entdeckt, aber ich machte Dimitri nicht darauf aufmerksam. Es war jetzt sein Wagen, und es war seine verrückte Moskautour, und ich war nur der Beifahrer oder nicht einmal das.
Ich schätzte Dimitri auf Anfang Vierzig. Eigentlich war er Hochbauingenieur, aber weil er in Griechenland keine Anstellung fand, half er auf Baustellen aus und hatte, soviel ich wußte, bei der Neugestaltung einer Bankfiliale mit meiner Mutter zusammengearbeitet. Seine griechische Familie hatte sich vor Generationen in einem ukrainischen Dorf niedergelassen, und er selbst hatte in Odessa studiert und gearbeitet, bevor er sich entschloß, nach Griechenland zu gehen. Nachdem mir Dimitri von seinem Stammbaum und dann eine Viertelstunde von der Fußballbegabung seiner fünfjährigen Zwillinge erzählt hatte, kam er in einem Griechisch, das noch schlechter als meines war, auf meine Mutter zu sprechen. Er schwärmte von ihrem Geschmack und lobte ihr geschäftliches Geschick. Vor allem war er davon begeistert, auf welch raffinierte Weise sie sich ihren männlichen Auftraggebern gegenüber durchsetzen konnte.

Du mußt dich stolz schätzen. Sie hat einen speziellen Weg, sagte er und nickte vielsagend.

Wir näherten uns Lamia, von wo es nicht mehr weit nach Volos und zum Ferienhaus meines Onkels gewesen wäre. Ich dachte mir ein kleines Sprachrätsel aus. Bei jedem Fehler, den Dimitri machte, suchte ich die grammatikalisch korrekte Form und wurde seltener fündig, als ich erwartet hatte. Zwischendurch langte er in die Nylontüte auf dem Rücksitz, fischte eine Getränkedose oder eine Blätterteigtasche mit Käsefüllung heraus und reichte sie mir, ohne mich anzusehen. Mir gefiel diese Geste, die Mischung aus Arroganz und Selbstverständlichkeit. Eine Weile fuhren wir schweigend am Thermaischen Golf entlang.

Obwohl wir Griechen sind, werden wir wie Albaner behandelt, sagte er plötzlich mit einer weinerlichen Fistelstimme.

Aber erst als er sich erneut über die erniedrigende Arbeit auf dem Bau beklagte, fiel es mir wie Schuppen von den Augen: Alles war Theater. Der Proviant, die Lobrede auf meine Mutter, der intime Bericht über seine Familie, all das war Vorgeplänkel, atmosphärische Einstimmung – und dann ein schneller, gezielter Vorstoß, und ich würde mich aus Mitgefühl ergeben und ihm die Schilder überlassen. Es war von einer lächerlichen Offensichtlichkeit, aber obwohl ich aus einem nervösen Reflex heraus immer wieder zum Schraubenzieher in die Ablage gesehen hatte, hatte ich vier Stunden gebraucht, um Dimitris Strategie zu durchschauen.

Ich beugte mich nach der Sprite zwischen meinen Füßen, nahm einen Schluck und fragte:

Sag mal, wie willst du eigentlich ohne Nummernschilder durch Bulgarien und Rumänien kommen? Ich fürchte, die lassen dich nicht mal aus Griechenland raus.

Genau darüber wollte ich mit dir reden, sagte er und sah mich an.

Was meinst du?

Na ja, ich wollte dich bitten, mir die Schilder zu überlassen.

Was? Ich soll dir die Schilder überlassen? Ich sitze hier doch nur wegen der Schilder, sagte ich und schüttelte den Kopf.

Warum nicht?

Weil mich meine Mutter umbringt, wenn ich ohne Schilder zurückkomme.

Wie alt bist du eigentlich? fragte er.

Den Hohn, den seine Stimme preisgab, hatte er vier Stunden lang gut versteckt.

Vierundzwanzig, wieso?

Du bist vierundzwanzig und tust noch immer, was deine Mutter sagt?

Ich nahm die Brille ab und sah ihn an.

Auf die Tour würde ich es nicht versuchen.

Dimitri antwortete nicht. Er starrte, den Kopf nah an der Scheibe, auf die Autobahn, die gerade am Meer entlangführte. Das Wasser war ruhig und glitzerte in der Sonne, und am schmalen Sandstrand lagen Leute unter Sonnenschirmen, die sich vom Lärm der vorbeirasenden Autos nicht stören ließen.

Aber wie soll ich ohne Schilder durch die Grenzen kommen? rief er plötzlich. Die lachen mich doch aus!

Das hättest du dir vorher überlegen sollen.

Vierzigtausend Drachmen, sagte er. Mehr kann ich dir wirklich nicht anbieten.

Es geht nicht um Geld, sagte ich.

Dimitri kniff die Augen zusammen und fuhr langsamer, aber die Grenze kam immer näher. Als in der Ferne schon die Gebäude des Zolls zu erkennen waren, sagte er:

Sechzigtausend.

Es geht nicht um Geld, wiederholte ich.

An der Grenze war wenig los, in den Spuren für PKW stand jeweils nur ein Wagen, aber Dimitri fädelte sich nicht ein, sondern hielt auf einem Parkplatz. Mit einer schnellen

Bewegung griff er in die Nylontasche und hatte plötzlich zwei Flaschen Ouzo in den Händen.

Komm, sagte er.

In dem hohen Raum mit riesigem Deckenventilator, dessen Flügel sich träge drehten, befanden sich drei Zollbeamte. Einer von ihnen, der Dienstälteste, saß hinter einem wuchtigen Metallschreibtisch. Als hätte er gerade eine unglaubliche Geschichte erzählt, sagte er:

Hört ihr?

Er bemerkte unser Eintreten nicht, sondern schaute zu seinen jüngeren Kollegen, die in ihren hellblauen Zöllnerhemden an einem Regal lehnten. Der eine hatte die Lamellen der Fensterjalousien auseinandergeschoben und sah durch den Spalt auf den Abfertigungsbereich. Der andere schüttelte ungläubig den Kopf.

Wie geht's?

Dimitri trat zum Dienstältesten vor den Schreibtisch und begann, von der Moskaufahrt zu erzählen. Der Zollbeamte drehte einen Plastikbecher in der Hand, sah zur Seite auf einen leeren Stuhl und sagte, als Dimitri eine Pause machte:

Deinen Paß, bitte.

Dimitri stellte den Ouzo ab, zog das rote Heftchen aus der Gesäßtasche, und kaum hatte er dem Dienstältesten das Dokument überreicht, stieß sich einer der Jüngeren vom Regal ab, schlenderte zum Tisch, nahm sich einer der beiden Flaschen an und verstaute sie in einem Fach, in dem mindestens ein Dutzend weitere Flaschen standen, hauptsächlich Metaxa und Whiskey. Der Dienstälteste blätterte im Paß, und Dimitri gab die Geschichte mit dem Nummernschild zum besten, und noch während er auf den Zöllner am Tisch einredete, sagte plötzlich jemand:

Hey.
Bevor ich mich umdrehen konnte, spürte ich eine Hand am Arm.

Du kannst ihm die Nummernschilder nicht nehmen!
Der Mann hatte eine verbogene Büroklammer im Mund wie einen Zahnstocher, und sein Atem roch nach Menthol. Er war der Jüngste von den dreien, und seine streichholzkurzen Haare schimmerten vom Gel.

Hören Sie, das ist ein Mißverständnis.

Das geht nicht, sagte er.
Auch der Dienstälteste sah mich ernst an und fächelte sich mit Dimitris Paß Luft zu.

Was ist los? Woher kommst du eigentlich?

Aus Deutschland.

Dein Gesicht sagt, daß du Grieche bist.

Mein Vater ist Deutscher. War Deutscher. Hören Sie, ich wollte ihm die Schilder nicht nehmen. Wirklich nicht, sagte ich und fixierte den Ältesten, der schon wieder gelangweilt in Dimitris Paß blätterte.
Und obwohl sich in diesem Moment niemand vom Fleck bewegte und nichts zu hören war als das Surren des Deckenventilators, hatte ich ein Flattern in den Ohren und das Gefühl, daß alles in Bewegung war, in einem unsichtbaren, chaotischen Austausch, in mir, um mich herum.
Dimitri wußte scheinbar auch nicht, was geschah, denn er stierte auf die Hand des Zöllners, die noch immer meinen Oberarm wie ein Eisenring umklammert hielt. Auf dem Weg zum Auto sagte er:

Ich wußte gleich, daß du ein guter Mensch bist. Du kannst die Tüte mit dem Essen haben.
Er öffnete den Wagenschlag, und während er sich hinein-

beugte, ging ich hinter dem Opel in die Hocke und fing an, das Nummernschild abzuschrauben. HH-AH 7019. Es gelang mir erstaunlich leicht, und nach wenigen Drehungen fiel mir die erste Schraube in die Hand.

Was machst du? schrie Dimitri.

Ich sah seine ausgetretenen Schuhe auf dem Asphalt und daneben die zusammengesackte Nylontasche. Ich hörte ihn schwer atmen und erwartete, daß er mir in die Seite treten würde, aber statt dessen spie er aus und sagte:

Schlimmer als die Mutter!

Und er begann mich zu beschimpfen, in seiner ukrainischen Heimatsprache, mit der keifenden Stimme eines Waschweibes, und hörte erst damit auf, als ich, beide Schilder unterm Arm, schon auf der leeren Autobahn landeinwärts marschierte.

Irgendwann sammelte mich ein LKW-Fahrer auf und brachte mich bis in die Innenstadt von Saloniki. Unruhig ging ich an der Promenade entlang, zwischen Familien und jungen Paaren, die zum Weißen Turm schlenderten, und hoffte, daß mir weder Evi noch ihre Eltern über den Weg laufen würden. In einem unbeobachteten Moment ließ ich die Schilder in das brackige, gegen die Kaimauer schwappende Wasser gleiten und verfolgte mit einem tauben Kribbeln in den Fingerspitzen, wie das Blech verschwand, wieder auftauchte und mit dem anderen Unrat langsam Richtung Hafen abgetrieben wurde.

Als ich gegen Mitternacht in die Athener Wohnung meiner Mutter kam, lag sie im Wohnzimmer auf dem Sofa und sah fern.

Wo sind die Schilder? fragte sie sofort.

Ich hab sie ihm gelassen.

Sie richtete sich auf. Sie war totenbleich und flüsterte:

Dieser Mann wird uns ruinieren!

Ich hatte mit allem gerechnet, mit Wut, Tränen oder eisigem Schweigen, aber nicht mit diesem Blick eines zu Tode erschrockenen Kindes, der mir das Blut in den Adern gefrieren ließ.

Ich fahre so langsam, daß sich der Verkehr hinter mir staut. Die Fahrer hupen, und wenn sie mich überholen, machen sie obszöne Gesten. Ich beachte sie nicht oder grüße freundlich wie ein Greis, der die Aufregung nicht versteht. Dann schalte ich die Warnleuchten an, stelle den Motor aus, und während der Wagen auf dem Seitenstreifen ausrollt, höre ich das Pfeifen des Windes. Weiter vorn leuchtet von einer überdachten Tankstelle das Shell-Zeichen, sonst ist weit und breit kein Gebäude in der verdorrten Landschaft zu sehen. Eine Weile beobachte ich, wie die näher kommenden Lastwagen im Rückspiegel größer werden und mit Getöse an mir vorbeifahren. Niemand hält an, und irgendwann schalte ich das Warnlicht wieder aus. Ich drücke meinen Kopf in den Schaumstoff der Stütze, pulsierende Wärme fließt aus den Tiefen meines Körpers bis in die Fingerspitzen. Ich sollte umkehren, denke ich.

Damals habe ich stundenlang auf der Waschmaschine gesessen und gewartet. Das Kabuff befand sich auf der hinteren Seite des Ferienhauses, und man konnte es nur von außen durch eine Metalltür betreten. In dem kleinen Raum standen neben der Waschmaschine Benzinkanister und der riesige Rasenmäher, mit dem Onkel Makis über das holprige Gelände fuhr. In den Fächern eines Holzregals lagen Wasserski und Luftmatratzen und Geräte für den Garten, und alle Strom- und Wasserleitungen führten dort zusammen. Wenn wir abends auf der Terrasse saßen und gemeinsam spielten, Mau Mau, Poker oder Ich sehe was, was du nicht siehst, fiel oft der Strom aus. Nach einem kurzen Flackern verlöschten die runden Glaslampen, die an der Außenwand befestigt waren, und unsere Bucht sank in bläuliche Dunkelheit. Wir riefen Ah!, und nach wenigen Sekunden war das Klirren von Schlüsseln zu hören. Meine vorausdenkende Tante hatte immer eine kleine Stiftlampe und den Generalschlüssel parat.

Marko, gehst diesmal du?

Ich tastete nach dem Bund, knipste die Lampe an, lief, von dem hüpfenden Lichtkegel geführt, um das Haus herum und stieg in das Kabuff wie in ein Verlies. Am unangenehmsten waren die letzten Schritte bis zur Tür, weil dort der Steinboden in matschigen Grund überging, in den meine Strandschuhe einsanken. Ich klemmte die Lampe so zwischen die Zähne, daß sie das Schloß beleuchtete, fummelte den Schlüssel in das Loch, stieß die Schulter gegen die Tür, und im nächsten Augenblick strömte mir trockene, nach Metall riechende Luft entgegen. Ich lenkte den Lichtstrahl auf den Kasten, der direkt neben der Tür hing, drückte mit einer routinierten Bewegung des Zeigefingers die herausgesprungene Sicherung in die Fassung und saß wenige Sekunden später schon wieder bei den anderen am Familientisch.

Ich mochte das Kabuff nicht, aber in jenem Sommer habe ich mich oft dorthin zurückgezogen, nicht in der Nacht, sondern tagsüber, wenn die anderen am Strand waren oder Mittagsschlaf hielten. Ich saß auf der Waschmaschine, schaute durch die offene Tür nach draußen und wartete auf Evi. Bei jedem Rascheln wandte ich den Kopf, aber da war nichts als trockenes Gras im Wind, das den Boden bis zur steil aufragenden Felswand am Ende der Bucht bedeckte. Ich sah das Licht in den Halmen, und es war ein seltsames Gefühl, Kühle zu spüren, aber Wärme zu sehen, ungefähr so, als verstünde die eine Hand nicht, was die andere tut. Verzerrt hörte ich Geräusche aus dem Haus, die durch Wände und Rohre zu mir hinunterschwappten. Ich hörte den Kassettenrecorder meiner Cousine im Nachbarzimmer laufen, die Töne waren wie aufgebläht, sie kamen näher und ebbten wieder ab.

Bist du schon lange hier unten?

Evi stand in der Tür. Sie inspizierte die Spinnweben unter der Decke und sah aus wie ein verwöhntes Mädchen, das sich noch nicht entschieden hat, ob es sich ekeln soll.

Nicht so lange, sagte ich.

Sie kam einen Schritt auf mich zu und schaute sich um.

Kalt, sagte sie.

Ja, sagte ich und streckte meine Füße aus, bis sie Evis Oberschenkel berührten.

Evi machte zwei Trippelschritte, und als ich meine Fersen hinter ihre Knie klemmen konnte, zog ich sie näher an mich heran. Sie legte den Kopf in den Nacken, drehte sich um, und dann lehnte sie an der Waschmaschine, zwischen meinen Knien, und meine Hände lagen gefaltet auf ihrem Bauch.

Mein Bauch ist dick, sagte sie und begann ihren Hinterkopf an meiner Stirn und meiner Wange zu reiben.

Hör mal, sagte ich.

Was?

Pst.

Sie hielt still, und wir lauschten. Direkt über uns, wo die Küche lag, waren Schritte zu hören und das Klappern von Geschirr.

Vielleicht spült dein Großvater? flüsterte sie.

Ich lachte.

Etwas quietschte. Ob das Geräusch aus der Küche kam oder aus dem hinteren Schlafzimmer, wußte ich nicht.

Ein Tisch, sagte ich leise, und Evi flüsterte etwas, das ich nicht verstand, weil plötzlich ein Schluchzen zu hören war, so laut, daß ich glaubte, jemand stünde hinter mir. Es war ein Klagen, das von überall her zu kommen schien, als kröche es aus den Eingeweiden des Hauses.

Evi zog die Schultern hoch.

Wer ist das?

Keine Ahnung, sagte ich.

Wahrscheinlich stand das Küchenfenster über der Metalltür offen. Einer mußte an der Spüle oder am Herd stehen. Ich steckte meine Nase in Evis Haar. Dann war es still, und nach ein paar Sekunden hörten wir jemanden den Rotz hochziehen.

Es ist Tante Heinke, sagte ich.

Laß uns gehen, bat Evi und drückte ihre Schultern gegen meine Brust.

Das Schluchzen wurde zum Wimmern, und dann war da ein Geräusch, das sich anhörte, als würde ein kräftiger Wasserstrahl auf den Boden des Spülbeckens treffen, und ich stellte mir vor, wie sich Tante Heinke Wasser übers Gesicht laufen ließ. Plötzlich sagte eine Stimme:

Es hat keinen Sinn. Du mußt es vergessen.

Es war Heinkes Stimme, und ihre Worte klangen wie ein Befehl.

Ich weiß, sagte meine Mutter.

Ich konnte hören, daß sie mit den Tränen kämpfte, und ich war sicher, daß auch Evi sie erkannt hatte, über uns, an der Spüle.

Ich weiß doch, ich versuche ja, das Bild aus meinem Kopf zu löschen, aber es geht nicht. Jedesmal, wenn ich Marko ansehe, werde ich erinnert. Seine Augen und der Mund. Und je älter er wird, desto größer wird die Ähnlichkeit.

Meine Mutter holte schnell Luft, dann war es still, und erneut begann sie zu weinen. Plötzlich war da ein Druck auf meiner Blase, er war kaum auszuhalten, und am liebsten hätte ich ihm nachgegeben. Die Wärme in der Badehose und an Evis nacktem Rücken, die sich ausbreitende Pfütze auf dem Boden, still und unschuldig.

Von wem redet sie? flüsterte Evi.

Von meinem Großvater, log ich.

Ich umklammerte Evis Bauch, als könnte ich auf diese Weise verhindern, daß sie verstand.

Ich weiß ja, daß es nicht gut ist, sagte meine Mutter. Aber ich kann nichts dafür, in meinem Kopf verschwimmt alles, ich kann mich nicht wehren. Neulich hat Marko einen Fehler gemacht, und fast hätte ich ihn angeschrien: Das hätte dein Vater nie getan! Sein Vater, den er nie kennengelernt hat. Verstehst du? Ich schäme mich so.

Er ist tot, sagte Heinke. Er ist jetzt dreizehn Jahre tot. Es hat keinen Sinn. Denk an die Gegenwart.

In diesem Augenblick streifte etwas meinen Fuß, und ich riß das Knie hoch. Die Katze sprang einen Satz zurück, und den Kopf tief am Boden, ließ sie mich nicht aus den Augen. Es war die Katze mit dem zerfledderten Ohr. Niemand wußte, woher sie kam und wem sie gehörte. Sie war dieses Jahr in der Bucht aufgetaucht und ließ sich abwechselnd von uns und Evis Familie füttern. Einmal war sie Prekas' Hund zu nahe gekommen. Der Hund sprang aus der Hütte und schleuderte sie mit einer Bewegung seines Vorderlaufs durch die Luft. Seit diesem Duell war die linke Ohrmuschel der Katze eingerissen. Die Wunde war noch frisch und rosa verschorft. Ich ließ den Fuß sinken, während die Katze meinen großen Zeh fixierte und sich dabei nach vorne schob. Ich kam ihr mit dem Zeh entgegen, und als ihre Vordertatze nach ihm schlug, zog ich ihn zurück.

Na, du Bastard, flüsterte ich und bewegte meinen Fuß, als würde ich eine Garnrolle vor ihrer Nase tanzen lassen. Das Spiel machte ihr wenig Spaß. Nachdem sie einige Male erfolglos mit der Tatze durch die Luft gewischt hatte, trat sie den Rückzug an und war verschwunden.

Du hast ihm noch nicht verziehen, daß er gegangen ist, sagte Heinke jetzt. Du bist noch immer voller Groll, daß er dich allein gelassen hat. Aber du darfst Marko nicht mit ihm verwechseln.
Ich hatte mein Kinn auf Evis Nacken gestützt und spürte das Pochen ihrer Halsschlagader.

Du mußt ihm verzeihen, sagte Heinke. Du mußt ihm verzeihen, weil du vorher nicht vergessen kannst.

Du spinnst, schrie Evi plötzlich. Laß mich endlich los!
Sie riß meine Hände auseinander und stürzte aus dem Kabuff. Schon im nächsten Augenblick war sie nicht mehr zu sehen.

Obwohl Makis auf der Beifahrerseite sitzt, erkenne ich sie sofort. Der schwarze Mercedes steht vor Panajotis' Hof, und ich lenke den Corolla an den Straßenrand und halte mit etwas Abstand dahinter. Als der Motor ausgeht, schaut Makis in den Rückspiegel, aber ich glaube nicht, daß er mich erkannt hat, denn er wendet sich gleich wieder Heinke zu und redet weiter auf sie ein. Ich will hupen und mich bemerkbar machen, aber dann lasse ich es bleiben. Makis hat den linken Arm hinter die Lehne seines Sitzes geklemmt, und seine rechte Hand fährt durch die Luft, während Heinkes Kopf immer wieder hinter der Polsterstütze hervorstößt.
Ich muß an das Telefonat denken, das ich gestern vom Flughafen aus mit ihr geführt und ohne ein Wort des Abschieds beendet habe. Ich stelle die Musik aus und warte. Es ist mir unangenehm, unerkannt Zeuge eines Streits zu sein, aber ich will nicht aussteigen, weil ich fürchte, in die Auseinandersetzung hineingezogen zu werden.
Etwas Ähnliches war schon einmal passiert, letztes Weihnachten in Blankenese. Ich saß mit Heinke am abgeräumten Tisch, sie rauchte, und jedesmal wenn sie an der Zigarette sog, wurden die Falten in ihren Mundwinkeln schärfer. Aus der Küche hörte ich meine Mutter das Geschirr in

die Spülmaschine räumen, und in der Tiefe des Hauses lag Makis auf dem Sofa und sah fern. Ich konnte ihn nicht sehen, weil die Couchlandschaft in einer Nische steht, aber ich wußte auch so, in welcher Haltung er dalag: den blauen Kristallaschenbecher auf dem Bauch, in der einen Hand die Fernbedienung, in der anderen eine Zigarette der Marke R6.

Wollen wir es nicht noch einmal in Tübingen probieren? fragte ich.

Heinke machte eine Miene, als hätte sie meine Frage nicht verstanden, und schüttelte energisch den Kopf.

Bloß nicht. Katharina wird sich schon melden, sagte sie und blickte zum Weihnachtsbaum, an dem die elektrischen Kerzen leuchteten.

Was macht eigentlich dein Frauenklub? fragte ich.

Ich wußte, daß Heinke, die früher abfällig über Psychologie und vom Geist der Selbstfindung beseelte Kolleginnen gesprochen hatte, seit einigen Jahren selbst Mitglied eines von ihr so titulierten Frauenklubs war. Nachdem zwei der teilnehmenden Damen von ihren Männern erst betrogen und dann verlassen worden waren, hatte man die Bridgerunde in einen Diskussions- und Lesekreis umgewandelt.

Ach, das ist eine tolle Sache, sagte sie, plötzlich begeistert. Im letzten Sommer waren wir drei Wochen in Frankreich, und nächstes Jahr fahren wir gemeinsam nach Amerika auf einen Kongreß. Solche Sachen hätte ich früher schon machen sollen. Aber da habe ich mich ja hauptsächlich um die Abrechnungen meines werten Gatten gekümmert.

Sie machte eine Geste in die Richtung, wo Makis lag. Wahrscheinlich hörte er jedes Wort.

Ich glaube, das einzige Buch, das er nach seinem Examen gelesen hat, ist die Bedienungsanleitung für den Video-

recorder. Na ja, das wußte ich schließlich vorher, daß man keinen feinsinnigen Intellektuellen vor sich hat, wenn man einen Griechen heiratet. Obwohl es immer heißt, Griechen hätten so eine gute Rhetorik. Die Rhetorik des Schweigens vielleicht.
Sie lachte bitter.
Ich sah sie an, sagte aber nichts. Seit sich mein Cousin von der Familie zurückgezogen hatte, sprach Heinke öfter über die Zeit, als sie Makis kennengelernt hatte. Ende der sechziger Jahre hatte sie ihn auf der Straße bemerkt, angesprochen und war dann nicht mehr von seiner Seite gewichen. Solange ich mich erinnern kann, hatte sie ihrem Mann das Reden abgenommen. Als wir noch Kinder waren, konnte sie sich mit leidenschaftlicher Ausdauer über die Unfähigkeit unserer Lehrer auslassen. Sie sprach, anders als meine Mutter, auch über die Familie, den griechischen Clan. Sie hatte Sinn für Details aus der Vergangenheit, wobei nie klar war, ob sie die tragischen griechischen Verhältnisse lächerlich fand oder Ehrfurcht vor ihnen hatte. Auch Panajotis war in ihren Erzählungen anwesend. Oft sprach sie mit seinen Worten, in einem trockenen, ironischen Tonfall, auf den Makis gereizt reagierte. Als Katharina die zwölfte Klasse wiederholen mußte, sagte sie zu ihm: Immer mit Geduld! Und als ich mit Hautausschlägen zu kämpfen hatte, war ihr Standardspruch: Milch und für die Haut Nivea! Makis erfüllte unsere Sommerwünsche, aber alles andere war Heinkes Aufgabe, die mit ihrer angestrengt guten Laune oft denken ließ, sie trage eine geschlossene Faust in der Brust, die die Aufgabe hatte, alle Familienfäden zusammenzuhalten.

Gibt es heute keine Filme?

Meine Mutter stand in der Mitte des Wohnzimmers und sah uns an.

Wollt ihr Filme? rief Makis von der Couch. Wieder die von Katharinas oder Markos Konfirmation?

Bitte nicht, sagte Heinke.

Meine Mutter verzog enttäuscht den Mund und verschwand hinter dem Vorsprung, um sich zu Makis vor den Fernseher zu setzen.

Heinke hatte die Beine angezogen und die Hände zwischen die Knie geklemmt. Ihre Füße, die in grauen Wollsocken steckten, standen auf der Kante des Stuhls. In den letzten Jahren war sie schlanker geworden, und auf ihrer Stirn zeigten sich dünne Fältchen. Ich rutschte weiter zurück auf dem Stuhl, stützte einen Ellbogen auf den Tisch und starrte in die Lichter am Weihnachtsbaum. Ich zündete mir eine Zigarette an, und während ich den Rauch langsam durch die Nase ausatmete, achtete ich auf alles, was Heinke tat. Ich hörte ihren Atem und das Knistern der Glut, wenn sie an ihrer Zigarette sog. Ich stellte mich auf sie ein, wich vor ihr zurück und breitete mich aus, bis ich nichts als ein Spiegel war.

Manchmal denke ich, du bist der einzige Normale in dieser Familie, sagte sie.

Ich hatte den Eindruck, daß Heinke nicht mit mir, sondern mit sich selbst sprach. Mit der Glut ihrer Zigarette zeichnete sie eine unsichtbare Linie auf den Rand des Aschenbechers.

Es ist schwierig, sagte sie. Ich sehe das bei uns im Büro, wo sich ständig jemand trennt. Das geht wie am Fließband. Und es sind nicht die jungen Ehen, sondern die älteren. Sobald die Kinder aus dem Haus sind.

Sie drückte die Zigarette aus, legte die Wange auf ein Knie und schaute mich herausfordernd an. Ich schämte mich dafür, diesen Blick provoziert zu haben.

Anfang des Jahres habe ich einen Brief von einem alten Freund bekommen. Wir gingen gemeinsam zur Schule und haben manchmal Tennis gespielt. Er war viel besser als ich, ließ mich aber immer gewinnen. Es war nichts, ich meine, nichts Richtiges, nur diese Nachmittage auf dem Tennisplatz.

Sie machte eine Pause. Ihre Finger spielten am Saum der Wollsocken.

Er hatte eine wirklich gute Rückhand. Danach saßen wir auf der Terrasse, haben etwas getrunken und den anderen zugesehen. Er wollte Philosophie studieren, oder Literatur. Später habe ich aufgehört mit dem Tennis, und wir sind noch einige Male ins Kino gegangen, aber es war nicht mehr dasselbe. Weißt du, lange habe ich nicht mehr an ihn gedacht. Und dann schickt er mir diesen Brief, aus heiterem Himmel.

Heinke sah mich bedeutungsvoll an. Vielleicht wartete sie darauf, daß ich eine Frage stellte, aber ich schwieg auch, denn plötzlich hatte ich das unbehagliche Gefühl, daß sie mich benutzte, um diese Geschichte Makis zu erzählen.

Und Panajotis? fragte ich dann.

Heinke war erstaunt.

Panajotis, der Arme. Er hat mich nie gemocht. War immer gegen unsere Ehe. Er wollte nicht, daß sein Sohn eine Deutsche nimmt, genausowenig, wie er wollte, daß deine Mutter einen Deutschen heiratet. Als dein Vater starb, sah er darin die Strafe für eine gemischte Ehe und hat Makis jahrelang in den Ohren gelegen, sich von mir scheiden zu lassen. Es war eine schlimme Zeit damals, als er nach Hamburg kam. Er kam nicht nur, um zu arbeiten, sondern auch, um unsere Hochzeit zu verhindern.

Aber Panajotis hatte doch selbst deutsche Freundinnen in Hamburg, sagte ich.

Ja, Freundinnen. Aber Heiraten ist etwas völlig anderes. Heinke tupfte mit der Fingerkuppe eine Ascheflocke vom Tischtuch und zerrieb sie zwischen Daumen und Zeigefinger.

Wer weiß, vielleicht hat mich dein Onkel ja nur geheiratet, weil Panajotis dagegen war, gewissermaßen aus Trotz. Sie lächelte schwach, als könnte sie dieser Vorstellung inzwischen sogar etwas abgewinnen. In diesem Augenblick rief Makis von der Couch:

Heinke, hör auf, so einen Unfug zu erzählen!

Diesen Satz im Ohr, schaue ich nach vorn. Durch die getönte Heckscheibe des Mercedes sehe ich nicht viel mehr als Makis' grauen Schädel und Heinkes schmale Schultern. Sie streiten nicht mehr. Offenbar haben sie die Köpfe gegen die Stützen gelehnt, entspannt, als hörten sie Musik oder rauchten. Früher, wenn ich zusammen mit Stéphane und Katharina bei ihnen auf der Rückbank saß, verließ niemand den Wagen, bevor Heinke am Ende der Fahrt ihrem Mann den Du-bist-gut-gefahren-Kuß gegeben hatte. Jedesmal wartete ich ungeduldig auf diesen Kuß. Erst danach löste ich den Gurt und stieg aus.

Jetzt klappt die Beifahrertür auf, und Makis' Kopf schiebt sich aus dem Wagen. Ein kurzes Zögern, dann schwingt er sich hoch, tritt auf den Bürgersteig und schüttelt seine Beine, als wolle er die Bundfalten richten. Er trägt eine dunkle Hose und ein weißes Hemd, dessen einer Zipfel aus dem

Bund heraushängt. Einen Augenblick steht er neben dem Wagen und sieht über das schwarz glänzende Autodach hinweg zum Haus mit der Schreinerei im Souterrain, die jetzt geschlossen ist. Dann geht ein Ruck durch seinen Körper, er streckt die Arme zum Himmel, biegt den Rücken durch und gähnt. Fehlt nur, daß er jetzt Urlaub! brüllt, denke ich, was er gerne tat, wenn er nach dem Mittagsschlaf auf die Terrasse des Sommerhauses kam und seinen Blick über das Nachmittagsmeer schweifen ließ. Statt dessen beugt er sich in den Wagen, nimmt von seiner Frau das Jakkett entgegen, schlägt die Tür zu, und während er sich das Hemd in die Hose stopft, geht er nicht in Panajotis' Hof, sondern den Bürgersteig entlang zur Anhöhe, hinter der die Straße zum Kreisel hinunterführt.
Ich warte eine Weile, aber da Heinke sitzen bleibt, öffne ich leise die Tür und gehe langsam auf den Mercedes zu. Als ich neben ihr stehe, hat Heinke mich noch immer nicht bemerkt. Sie blickt vor sich hin, und für einen Moment schießt mir das blasse, geheimnisvoll abwesende Gesicht Isabelle Hupperts vors Auge. Ich tippe gegen die Scheibe, Heinke wendet erstaunt den Kopf, lächelt und läßt das Fenster herunter.

Na, fertig gestritten? frage ich.
Statt zu antworten, hält sie mir die Wange hin, und ich gebe ihr einen Kuß. Zigarettenrauch und der Duft nach herbem Aftershave strömen aus dem Wageninnern. Auf der Rückbank sehe ich einen schwarzen Hut mit breiter Krempe, den Hut, von dem sie gestern am Telefon gesprochen hat. Heinke sieht mich gelassen an.

Wir haben keineswegs gestritten, mein lieber Neffe. Das sah von deinem Spionensitz nur so aus.

Ich grinse dumm und schaue nach vorn zur Anhöhe, hinter der Makis verschwunden ist. Über dem Asphalt flimmert die Luft.

Wo geht er hin?

Zum Restaurant, in dem wir zu Abend essen werden. Ihre Hände liegen auf dem Lenkrad, und sie guckt durch die Windschutzscheibe, die weder mit Insekten verschmiert noch mit Staub bedeckt ist. Es ist ein seltsames Bild: als würde sie fahren, parkend fahren.

Ich habe eine kleine Tour gemacht, nach Westen zum See und ein Stück weiter, sage ich.

Das hat sich schon herumgesprochen.

Warst du drin?

Ja, sagt sie knapp, und der Gedanke an meine Mutter trifft mich wie ein Schlag in den Magen.

Mein Gott, ist was passiert? frage ich.

Was soll passiert sein? Bis auf die Tatsache, daß Dimitras einziger Sohn sinnlos durch die Gegend fährt und zum Gottesdienst gerade so pünktlich erscheint wie zu einer Kinovorstellung.

Ich will etwas erwidern, tausend empörte Gedanken wirbeln durch meinen Kopf, doch bevor sie den Weg auf meine Zunge finden, weiß ich, daß Heinkes Kühle nichts mit mir zu tun hat. Plötzlich wird mir meine lächerliche Haltung bewußt, an einem Auto stehend, hinuntergebeugt wie ein Streifenpolizist, die Hände auf der Tür, den Hintern zur Straße gestreckt, auf der, seit ich hier stehe, noch kein einziger Wagen vorbeigekommen ist, und das alles in der Mittagshitze, vor Panajotis' Haus und der Mauer, die so hoch ist, daß man nicht in den Hof hineinsehen kann. Ich gehe in die Hocke und lege meine Hand auf Heinkes Schulter, nein, auf ihren Rücken, auf ihr linkes Schulterblatt, dorthin, wo unter der weichen Seide der Bluse das kleine Tierchen in ihre blasse Haut geritzt ist, das gepunktete Tierchen mit dem langen Schwanz, das Marsupilami heißt. Dort liegt meine Hand, und ich spüre den Knochen und Heinkes Wärme, und dann nehme ich die Hand wieder weg.

Hast du mal mit Katharina über mich gesprochen? fragt sie.

Was? Worüber soll ich mit ihr gesprochen haben?

Keine Ahnung. Vielleicht hat sie sich mal beschwert. Junge Menschen machen das doch. Über die Eltern sprechen, oder nicht?

Ich habe kaum Kontakt zu ihr, sage ich, was der Wahrheit entspricht.

Ich habe sie nämlich nicht erreicht, und dann habe ich getan, was ich gar nicht tun wollte, ich habe ihr auf den Anrufbeantworter gesprochen, daß Panajotis gestorben ist, und sie hat nicht zurückgerufen.

Das muß nichts bedeuten, sage ich.

Immerhin ist ihr Großvater gestorben.

Eine enge Beziehung war es nicht gerade.

Aber er war der Vater ihres Vaters.

Vielleicht ist sie im Urlaub, es ist Anfang August.

Heinke wirft mir einen schnellen Seitenblick zu.

Als ich das zweite Mal anrief, war besetzt, sagt sie, als sei die Beweisführung damit abgeschlossen.

Wenn Katharina sich nicht meldet, muß das nicht heißen, daß ihr Schweigen gegen dich gerichtet ist. Vielleicht ist es ein neutrales Schweigen, weder für noch dagegen.

Heinkes Mund macht dieses Schnalzen, das die griechischen Männer im Kafeneion machen.

Weder für noch dagegen. Neutrales Schweigen.

Sie wiederholt meine Worte wie die Phrasen eines Idioten, aber während ich neben dem Wagen hocke, weiß ich, daß ich recht habe.

Ich kenne jemanden, der geht nie auf Beerdigungen. Erst hinterher, wenn niemand mehr da ist, geht er auf den Friedhof. Oder er besucht die Orte, an denen er mit dem Verstorbenen gewesen ist. Geht die Wege noch einmal ab, und in seinen Gedanken sind sie zu zweit. So hat er mir das erklärt.

Aha. Und wer ist dieser Jemand? fragt Heinke.

Weiß ich nicht.

Jetzt wendet meine Tante ihren Kopf und lächelt mir verdutzt zu. Ich rühre mich nicht, aber der Fußballjunge in mir reißt die Arme hoch, als hätte er ein Tor geschossen. Heinke läßt den Wagen an, und der Motor fängt an zu tuckern.

Meine Güte, sie haben euch einen Diesel gegeben. Das ist ja furchtbar.

Spotte nur. Als Makis es auf dem Parkplatz gemerkt hat, ist er in die Empfangshalle zurück und hätte das arme Mädchen vom Schalter fast zusammengebrüllt. Sie hatten wirklich keinen anderen mehr. Haben sie zumindest behauptet.

Na dann, bis gleich, sagt Heinke und steuert den Wagen die Anhöhe hinauf.

Als ich ins Haus komme, fangen die Glocken der nahen Kirche an zu läuten, und die Räume sind erfüllt von einer feierlichen Stille. Hinten in der Küche kann ich meine Mutter sehen, wie sie Angeliki dabei hilft, eine Brosche anzulegen. Ich gehe in den Anbau, um meine Krawatte zu binden, aber vor dem winzigen Spiegel neben der Tür, der an einigen Stellen milchig ist, steht Jorgos. Er versucht, abstehende Haarbüschel an den Kopf zu drücken, doch die Strähnen richten sich wieder auf und bleiben erst liegen, nachdem er seine Handfläche mit Rasierwasser befeuchtet hat. Er schlüpft in das Jackett und schließt den oberen Knopf, dreht sich zu mir und fragt:

Geht's so?

Kurz spreizt er die Arme ab und läßt sie wieder an den Körper zurückfallen. Er trägt einen einfachen grauen Anzug, ein weißes Hemd, schwarze Schuhe und blinzelt mich aus verschlafenen Augen an.

Sieht gut aus, sage ich.

Jorgos reagiert nicht, sondern guckt durch mich hindurch, abwesend wie gestern im Auto, als wir vom Flughafen losgefahren sind. Seine Hände reiben über das Jackett, unter seinen Schuhen knarzen die Dielen. Dann macht er zwei

Schritte zum Sofa, läßt sich vorsichtig aufs Polster sinken, und ich trete vor den Spiegel.

Weißt du eigentlich, daß Panajotis früher auch immer so vor diesem Spiegel gestanden hat, um seine Krawatte zu binden? fragt er.

Hier? So wie ich jetzt?

Ja, genau so. Früher, als deine Mutter und ich noch Kinder waren. Er hat sich die Krawatte gebunden, und wir haben ihm dabei zugesehen.

Ich betrachte mein eigenes Gesicht im Spiegel und höre hinter mir das Knarren des Bodens, als verlagere Jorgos das Gewicht vom einen Fuß auf den anderen. Ich lege die Krawattenenden über Kreuz.

Und Makis? frage ich. War Makis nicht dabei, wenn ihr Panajotis beim Krawattenbinden zugesehen habt?

Makis? Nein, der war nicht dabei, zumindest kann ich mich nicht daran erinnern.

Jorgos macht eine Pause, und dann sagt er:

Auf jeden Fall hat sich Panajotis hier die Krawatte gebunden, und danach hat er sich mit einer Pinzette Haare von der Nase gezupft. Er ist mit dem Gesicht nah an den Spiegel ran und hat gezupft, und dabei hat er gerufen: Evdokia, ich fahre mit den Kindern nach Saloniki, um Stoff zu kaufen! Dann hat er sich umgedreht und gesagt: Gehen wir. Und wir sind aufgestanden und mit ihm zum Busbahnhof gegangen.

Und dann seid ihr nach Saloniki gefahren und habt Stoffe gekauft, sage ich.

Nein, natürlich nicht. Wir sind nach Saloniki, aber Stoffe haben wir dort nie gekauft. Er hat uns zu seinen Freundinnen geschleppt. Er hatte in Saloniki immer irgendeine

Freundin, und eine von ihnen war ganz verrückt nach uns. Sie hatte sich herausgeputzt und stand schon am Busbahnhof, wenn wir ankamen. Und dann sind wir durch die Stadt spaziert, die Tsimiski rauf und runter oder an der Promenade entlang. Sie hat uns Eis und Spielsachen gekauft, und wahrscheinlich hat es ihr gefallen, daß man denken konnte, sie wäre unsere Mutter, die Frau von Panajotis.
Ich spüre den Impuls, mich zu Jorgos umzudrehen, rühre mich aber nicht.

Einmal sind wir zu der Frau nach Hause gegangen. Sie wohnte in einer kleinen Wohnung in der Nähe des Hafens, glaube ich. Sie hatte Panajotis' Lieblingsessen gekocht, etwas mit Huhn. Als wir mit dem Essen fertig waren, hat sie gesagt: Ihr seid bestimmt müde, Kinder. Dann hat sie uns ins Zimmer geführt, und deine Mutter und ich haben uns auf eine Liege gelegt. Sie hat uns zugedeckt und gesagt: Schlaft jetzt, nachher gehen wir in den Park. Schon war sie wieder in der Küche, und ich habe sie und Panajotis lachen gehört.
Jorgos hält inne. Die Krawattenenden hängen lose vor meinem Hemd.

Dimitra und ich haben also auf dieser Liege gelegen.
Jorgos' Stimme ist leise geworden.

Schläfst du? habe ich geflüstert. Nein, hat sie gesagt. Dann hörte ich wieder Panajotis und die Frau. Sie kamen durch den Flur, Panajotis lachte und sagte: Meine geile Henne, und die Frau flüsterte: Sei ruhig. Ach was, die schlafen doch, sagte Panajotis. Er war ganz nah. Siehst du, sie schlafen. Ich hörte Panajotis schnaufen. Dann habe ich die Augen geöffnet. Panajotis und die Frau standen am Bett. Er öffnete ihren Büstenhalter, er zog ihren Rock hinunter, plötzlich stand die Frau nackt vor ihm. Sie hatte einen dunklen, schweren Körper. Sie begann, Panajotis' Krawatte zu lösen, und ich schloß die Augen. Ich suchte unter der Decke nach Dimitras Hand, konnte sie aber nicht finden. Deine Mutter hatte sich zur Wand gedreht und lag neben mir wie ein Brett. Als ich wieder hinsah, waren die beiden im Bett. Die Frau saß auf Panajotis. Sie bewegte sich nicht. Seine Hände lagen auf ihren Brüsten, und die Frau hatte die Augen geschlossen.

Als Jorgos verstummt, wende ich mich um.

Ich habe mich später geweigert, mit Panajotis nach Saloniki zu fahren, aber deine Mutter hat ihn oft begleitet. Fast jeden Sonntag.

Er schaut mich an. Eine Haarsträhne hat sich wieder aufgerichtet.

Bitte sag ihr nicht, daß du davon weißt, ja?

Er steht auf. Im Vorbeigehen legt er die Hand auf meine Schulter, er öffnet die Tür und verläßt das Zimmer.

Ist Marko fertig? höre ich meine Mutter im Flur fragen.

Er kommt gleich, sagt Jorgos. Er kämpft noch mit der Krawatte.

Wir sind schon im Hof, vier Trauernde auf dem Weg zu Panajotis' Beerdigung, als meine Mutter noch einmal stehenbleibt. Sie gibt Angeliki einen schnellen Kuß auf die Wange, sie küßt ihren Bruder und mich. Erst dann treten wir durchs niedrige Tor auf die Straße, und obwohl wir nur zu viert sind, bilden wir eine Prozession. Ich bin in diesem Augenblick nichts als der Sohn der Tochter des Verstorbenen, das ist meine Rolle, und sie verleiht mir Sicherheit. Die Nachbarin steht vor ihrer Tür und winkt, als brächen wir zu einer Reise auf. In den Fenstern der Häuser tauchen schwarzgekleidete Frauen auf und sprechen uns ihr Mitgefühl aus. Wir gehen den Hang hinauf, überqueren die Straße, und als weiter hinten schon das flache Giebeldach der Kirche zu sehen ist, nehme ich Angelikis Arm. Ich wünsche mir, sie ginge schleppender, wünsche, sie wäre eine alte Frau, meine Großmutter, die ich stützen könnte bei jedem Schritt. So nähern wir uns der Kirche, und schon von weitem erkenne ich Makis auf dem leeren Platz, uns in der grellen Sonne entgegenblickend, als wäre er der Gastgeber eines Festes. Heinke steht neben ihm, sie trägt den schwarzen Hut, unter dessen breiter Krempe ihre Augen nicht zu sehen sind. Makis ist der Arzt, meine Mutter die Innenarchitektin, Jorgos der Kellner. Und ich bin der einzige Enkel und gebe Makis als letzter die Hand.

Schön, daß du gekommen bist, sagt er.

Klar, sage ich.

Makis zündet sich eine Zigarette an und wendet sich zu den Männern neben dem Kircheneingang. Offensichtlich haben sie die Kränze vorbereitet und warten nun auf Trinkgeld. Die Kränze sind an langen Stangen befestigt und lehnen an der Mauer. Heinke beschwert sich bei meiner Mutter über die Lieblosigkeit, mit der die drahtverstärkten Blumenstiele in die Styroporringe gespießt sind. Meine Mutter zuckt mit den Schultern, geht die Reihe entlang und liest die Namen, die in goldener Schrift auf den Schleifen stehen.

Kommt Alexandros etwa auch? fragt sie erstaunt.

Woher soll ich das wissen? sagt Heinke.

Es ist heiß. Wir warten, bis Makis seine Zigarette geraucht hat, und als wir dann die kühle Halle betreten, in der es nach Weihrauch riecht, weiß ich nicht, wie ich mich ver-

halten soll. Die Verbundenheit zwischen uns existiert nicht mehr, die Ordnung hat sich aufgelöst. Am Ende des langgestreckten Raums, kurz vor der Bilderwand, ist der offene Sarg aufgebaut. Panajotis' Hinterkopf ragt aus dem weißen Tuch heraus, und ich denke: Ich habe noch nie einen Toten gesehen. Meine Mutter bekreuzigt sich vor der Ikone der Maria neben dem Taufbecken, während Jorgos eine der Legendendarstellungen betrachtet, als wäre er in einem Museum. Ich gehe durch den Säulengang bis zur reich verzierten Bilderwand, bleibe vor einer anderen Ikone stehen, sehe aber nichts als verschwommenes Gold und wende mich nach den anderen um. Meine Mutter und Heinke im anderen Seitenschiff, sich leise unterhaltend. Makis im Eingangsbereich, Blick zum Sarg, Hände in den Hosentaschen. Angeliki lehnt an einer Bank und wartet.
Da tritt meine Mutter vor. Entschlossen nähert sie sich ihrem toten Vater, beugt sich über den Leichnam, zieht sich aber, nachdem sie ihn geküßt hat, sofort wieder zurück und läßt sich auf der vordersten Bank nieder. Dann ist die Reihe an mir. Mit Schritten, die auf dem Mosaikboden hallen, schreite ich auf den Sarg zu, und als ich neben dem Toten stehe, habe ich den stumpfen Geruch von Wachs in der Nase. Panajotis' Leichnam trägt einen schwarzen Anzug und eine gestreifte Krawatte. Man hat ihn frisch rasiert und sein Gesicht geschminkt, ich sehe keinen Bartschatten. Auf dem kahlen, kräftigen Kopf glänzen Wassertropfen, wahrscheinlich Kondenswasser, das der gekühlte Körper abgesondert hat. Panajotis' Hände, die vermutlich gefaltet auf seinem Bauch liegen, sind unter dem Blumenberg nicht auszumachen. Schnell küsse ich seine kalte Wange und setze mich mehrere Reihen hinter meine Mutter. Nun geht

Jorgos zu ihm hin. Während er bei Panajotis steht, ruckt er den Kopf hin und her, als könne er den Anblick nur aus den Augenwinkeln ertragen. Jetzt müßte Angeliki dran sein, denke ich, aber sie bleibt, wo sie ist. Als sich unsere Blicke begegnen, versuche ich sie zu zwingen: Mach! Geh endlich zum Sarg! Küß ihn! Sie wendet den Kopf. Ich wundere mich, daß Makis und Heinke nicht kommen, bis mir einfällt, daß sie wahrscheinlich schon bei Panajotis gewesen sind, als wir noch auf dem Weg hierher waren. Langsam füllt sich die Kirche.

Viele Frauen bringen kleine Sträuße, und der Blumenberg auf Panajotis' Brust wächst. Ältere Damen sprechen leise mit meiner Mutter, und die Nachbarin beugt sich zu mir und erzählt mit leuchtenden Augen, daß sie mich als Baby im Arm gehalten hat. Überall flüstert es: Er ist in Frieden gestorben. Gott sei Dank ohne Schmerzen. Im achtundachtzigsten Jahr. Wir müssen dankbar sein. Ich habe gehört, er starb in deinen Armen? Ist das die Frau, die ihn bis zum Schluß gepflegt hat? Was wird das hilflose Ding jetzt tun? Plötzlich berührt mich Jorgos an der Schulter.

Du bist auf der falschen Seite.

Bitte?

Du sitzt auf der falschen Seite. Links die Frauen, rechts die Männer.

Er hat recht. Ich bin umringt von Frauen, die Männer befinden sich jenseits des Mittelgangs. Um nicht aufzufallen, gehe ich durchs Seitenschiff zurück und am Taufbecken vorbei zum Ausgang. In dem Moment betritt ein alter Mann die Kirche, begleitet von einer Dame in einem eleganten Kostüm. Der Mann stützt sich beim Gehen auf einen hölzernen Spazierstock und achtet auf jeden seiner Schritte. Und obwohl das Geflüster weder aussetzt noch anschwillt, obwohl niemand augenfällig den Kopf dreht, wird es auf einmal unruhig im Raum. Alle haben ihn bemerkt, den Mann, bei dem es sich um niemand anderen als Panajotis' Bruder handeln kann, Alexandros, den sagenhaft reichen Bruder mit den Wohnungen und Häusern in Saloniki. Der alte Herr setzt sich auf eine der hinteren Bänke, während die Dame einen winzigen Rosenstrauß auf Panajotis' Brust legt. Makis und Jorgos nicken dem Mann zu, stehen aber nicht auf. Auch meine Mutter, die sich kurz umgedreht hat, bleibt sitzen.

Ich zünde zwei Kerzen an und stecke sie in eine mit Sand gefüllte Schale. Dann gehe ich auf Alexandros zu, und während ich mich ihm nähere, langsam durch die Bank rutschend, kommt es mir vor, als gehöre das schon zur Zeremonie, als sei es Teil des Gottesdienstes, der vielleicht schon begonnen hat, obwohl noch kein Pope zu sehen ist. Alexandros' Hände liegen auf dem gebogenen Ende seines Stocks, und mein Großonkel sieht zum Sarg, in dem sein Bruder liegt, und obwohl es für mich keinen Zweifel gibt über das, was ich jetzt tun werde, hat mein Herz zu pochen angefangen. Als ich nah genug bin, flüstere ich:

Entschuldigung. Sie müssen Alexandros sein, Panajotis' Bruder.

Er wendet sich zu mir und sieht mich mit müden Augen an. Sein Kopf ist tief zwischen die Schultern gesunken und droht jeden Augenblick nach vorn zu kippen. Ein Kranz weißer Löckchen umgibt ihn.

Und?

Ich berühre kurz seine weiche Hand. Ich weiß, daß ich ihn störe, weiche aber nicht zurück.

Ich bin Marko, Dimitras Sohn, und möchte Sie etwas fragen. Stimmt es, daß Sie als junger Mann Geld hinter Panajotis' Haus gefunden haben? Sie müssen meine Direktheit entschuldigen, es ist wichtig für mich, sage ich und sehe ihn an.

Alexandros verzieht keine Miene.

Was tue ich hier? schießt es mir durch den Kopf, und in diesem Augenblick öffnet sich die Tür in der Bilderwand, und zwei schwarz gekleidete Männer treten an die Seitenmikrofone. Alexandros' einer Ringfinger tippt gegen den gedrechselten Schaft seines Stocks. Den Siegelring ziert ein T für Tzaweas. Sein Handrücken ist mit Altersflecken übersät.

Behaupten das die Leute? fragt er.

Einige behaupten das.

Wenn die Leute das behaupten, wird es schon stimmen. Und jetzt, junger Mann, hörst du auf, unverschämte Fragen zu stellen. Dort liegt mein Bruder.

Ich sinke zurück und sehe zu meiner Mutter, die in der ersten Reihe sitzt. Also hat sie gelogen. Alexandros' Hände ruhen auf dem Stock wie die Hände eines Würdenträgers. Er beachtet mich nicht mehr und schnauft vor sich hin. Vorn stehen die Psalmsänger an den Mikrofonen, in schwarzen Hosen mit Bundfalten und schwarzen Hemden, ihre Hände im Rücken zusammengelegt. Sie bewegen sich nicht, ihre Augen suchen nach nichts, und ich spüre, wie mich ihr Anblick beruhigt. Ich lasse den Kopf in den Nacken kippen, nehme erstmals die bemalte Decke wahr, und dann richte ich ihn wieder auf.

Meine Mutter und ich im Park. Ich bin vielleicht drei. Sie sitzt auf einer Wiese und wirft mir einen Ball zu. Der Ball kullert an mir vorbei. Ich stolpere über den Rasen, hebe den

Ball auf, und als ich mich umdrehe, ist ihr Blick erloschen. Sie schaut mich an, leer. Ich hampele mit dem Ball, ich schicke ihr ein Lachen, um sie wieder zum Leben zu erwekken. Ich laufe auf sie zu, und kurz bevor ich sie erreiche, springt der Funke über, und ihr Strahlen ist wieder da. Ich habe sie zurückgeholt. Sie wiegt mich in den Armen und flüstert: Mein unglücklicher Engel, und nach ein paar Minuten schlägt mein Herz wieder ruhig, das Pochen ist weg.

Hoch über uns im Turm beginnen jetzt die Glocken zu läuten, und als der Pope vor der Bilderwand erscheint, hinter das mittlere Mikrofon tritt und das qualmende Weihrauchfäßchen schwenkt, wird es still, und alle erheben sich. Alexandros hat nichts dagegen, daß ich seinen Arm halte, und gemeinsam bahnen wir uns einen Weg durch die Trauernden, die zwischen den Holzbänken und Säulen stehen, die meisten mit einer winzigen brennenden Kerze in der Hand. Meine Mutter hat sich inzwischen so am Sarg postiert, daß sie, wenn es nötig sein sollte, Panajotis' Stirn abtupfen kann. Neben ihr stehen zwei ältere Damen, die ich noch nie gesehen habe, Cousinen dritten oder vierten Grades. Ich stelle mich auf die andere Seite, neben mir Alexandros, Jorgos und Makis.

Als der letzte Glockenschlag verklungen ist, wird es völlig still. Der Pope starrt angestrengt über Panajotis' Leichnam hinweg auf irgendeinen magischen Punkt. Er trägt ein schwarzes Gewand und einen schalartigen, mit Kreuzen bestickten Überwurf, der bis zu seinen Knöcheln reicht. Sein fettiges, langes Haar klebt am Kopf und ist im Nacken zum Pferdeschwanz gebunden. Sein Mund nähert sich dem Mikrofon, und auf einmal dringt seine Stimme aus allen

vier Lautsprechern, die hoch über unseren Köpfen an den Wänden befestigt sind. Das erste Totengebet zieht seine Schleifen und Arabesken durch die Luft, bis der ganze Kirchenraum von dem einschläfernden Klang erfüllt ist. Der Singsang des Popen ist eher ein Krächzen, aber ich kann mich seinem Sog nicht entziehen. Ich schnappe aus der altgriechischen Liturgie nur wenige Worte auf, es ist vom Hades die Rede und vom Kerker und immer wieder vom Toten: Vergib die Sünden des im Glauben Entschlafenen. Das Weihrauchfäßchen tanzt unter dem Ärmel des Popen und verströmt seinen strengen Duft, und dazu schellen die kleinen Glocken, die an den Silberkettchen befestigt sind.
An meinem rechten Arm spüre ich das Handgelenk von Alexandros, er hat angefangen zu weinen, und er zittert oder schwankt, während der Pope darum bittet, daß Panajotis vergeben wird. Da tritt Alexandros einen Schritt vor und legt, bevor ihn jemand hindern kann, die Wange an die Stirn des Toten. Sofort unterbricht der Pope sein Gebet. In der Stille, die sich wie ein Hohlraum öffnet, ist nur Alexandros' Wimmern zu hören. Der Pope zupft an seinem Bart und rührt sich nicht. Jetzt beugt Jorgos sich zu Alexandros hinunter, spricht beruhigend auf ihn ein, und gemeinsam mit der eleganten Frau führt er ihn durch die schweigende Menge nach draußen. Der Pope läßt noch ein paar gewichtige Sekunden verstreichen, in denen er in der Tasche seines Gewandes kramt, dann setzt er die Liturgie fort.
Meine Mutter hat die ganze Zeit nicht aufgeschaut. Ihre Lippen sind vorgewölbt, und eine Falte steigt zwischen ihren Brauen in die Stirn. Ihr Haar glänzt dunkel über der blassen Haut, aber ihre Züge, in denen ich immer nach

etwas gesucht habe, nach einem Ausdruck, der über den Moment hinaus Gültigkeit hat, sind klar. Eines Morgens vor langer Zeit stand sie in der Tür meines Dachzimmers. Geräuschlos mußte sie die Treppe hochgestiegen sein, denn ich hatte sie nicht kommen gehört. Ich lag noch im Bett, und auf einmal stand sie aufgelöst in der Tür und fragte, ob ich sie ins Krankenhaus fahren könne. Ihre Augen füllten sich mit Tränen, als sie hinzufügte:

Ich habe Blut im Stuhl.

Dann ging sie mit schweren Schritten die Stufen hinunter. Ich wäre am liebsten liegen geblieben, aber ich zog mir etwas über, und als ich in ihr Schlafzimmer kam, packte sie schon einen Koffer, der neben ihrem Bett auf dem Teppichboden lag. Mit einem pelzigen Geschmack im Mund stand ich daneben und beobachtete, wie sie Nachthemden und die Bibel verstaute.

Auf der Autofahrt sagten wir nichts. Ich saß am Steuer und lächelte ihr immer wieder zu, nahm auch kurz einmal ihre Hand, die kalt und farblos auf ihrem Oberschenkel lag. Ich dachte an Chemotherapien, Magendurchbrüche und Mitteilungen wie: Leider haben sich Komplikationen ergeben. Kurz bevor der Wagen auf den Parkplatz der Universitätsklinik rollte, trocknete sich meine Mutter das Gesicht und gab mir, mit nun sachlicher Stimme, Anweisungen für den Garten, erklärte mir, wo welche Versicherungsunterlagen und ihr Testament zu finden seien, und zählte auf, wen ich, im Fall der Fälle, wie sie sagte, anrufen müsse, als ginge sie mit ihrer Athener Sekretärin die Aufgaben des Tages durch.

Und dann betraten wir den aseptischen, weiß gekachelten und nach Desinfektionsmittel riechenden Eingangsbereich der Notaufnahme. Ich trug den leichten Koffer und blieb zwei Meter vor dem Tresen stehen, während sie dem jungen Mädchen, das mit zusammengekniffenen Augen von einer Zeitschrift aufblickte, sagte, worum es ging. Die Schwester wies in einen Gang hinein:

Dritte Tür links. Legen Sie sich schon hin.

Im angegebenen Zimmer standen zwei leere Betten. Es gab Regale mit Medikamenten, ein Waschbecken, und in der Ecke stand eine Apparatur mit einem Schlauch, ich konnte mir nicht vorstellen, wofür er benutzt wird. Meine Mutter begann sich auszuziehen, und als sie aus ihrem Rock schlüpfte, drehte ich mich zum Fenster und schaute hinaus in den Krankenhausgarten, in dem ein paar Eichen und Birken wuchsen, dazwischen frisch gemähte Rasenflächen, Kieswege, Bänke, auf denen niemand saß.

Welche Farbe hat das Blut, rot oder schwarz? fragte eine zierliche Schwester, die auf einmal im Zimmer stand.

Schwarz, sagte meine Mutter.

Teeriger Stuhl, aha. Könnten Sie bitte auf die Toilette gehen, damit ich einen Blick darauf werfen kann?

Sie sah meine Mutter freundlich an, und dann drehte sie sich um und deutete auf eine schmale Tür, die ich erst jetzt bemerkte.

Ich kann es versuchen, sagte meine Mutter, und nachdem die Schwester geräuschlos hinausgeeilt war, schloß sie hinter sich die Tür.

Ich setzte mich auf einen Stuhl am Fenster und starrte aufs Bett, das von einer Folie bedeckt war. Am Kopfteil war ein großer, über die Matratze reichender Bügel befestigt, an dessen Ende ein Halte- und Hochziehdreieck aus grauem Plastik baumelte. Neben dem Bett befand sich ein dunkel-

grauer Rollkasten mit Schubfächern, an dem die Metallgriffe leuchteten wie gerade poliert.
Kaum war meine Mutter aus dem Kabuff gekommen und ins Bett geklettert, eilte die Schwester zur Toilette. Für einige Sekunden herrschte Stille, dann rauschte die Spülung, die Schwester trat zu uns ins Zimmer, wobei sie meiner Mutter einen mitfühlenden Blick zuwarf. Sie nickte mir zu und sagte:

Der Arzt ist gleich bei Ihnen.

Es war Sonntagmorgen, und obwohl es die Schwester so eilig gehabt hatte, blieb es in diesem Trakt ruhig, zumindest drang durch die zum Gang hin offene Tür nicht ein Geräusch. Keine Schritte auf dem PVC, keine Stimmen. Meine Mutter lag im Bett, das Kissen im Rücken, und sah so erschöpft aus, als läge sie schon Wochen.

Wahrscheinlich muß der Arzt sich erst noch rasieren, sagte ich.

Sie antwortete nicht, verzog aber ihre Mundwinkel zu einem Lächeln. Ich stand auf und trat ans Fenster, damit sie mein Gesicht nicht sah. Ein älterer Mann, einen Bademantel über den Schultern, spazierte in Gummilatschen gemächlich einen Kiesweg entlang. Ich hatte das Schlurfen seiner Schritte im Ohr, aber es mußte eine Einbildung sein, denn das Fenster war geschlossen.

Wenn ich ehrlich bin, muß ich sagen, daß ich mein Leben vergeudet habe.

Ich wandte mich um. Meine Mutter schaute ins Leere, als hätte sie zu sich selbst gesprochen.

Immer hin und her zwischen Hamburg und Athen. Was habe ich denn schon erreicht?

Sie schüttelte den Kopf, und dann sah sie mich an, durch-

dringend und befremdet, als prüfe sie, ob die bloße Existenz ihres Sohnes nicht eine hinlängliche Antwort auf ihre Frage war.
Ich drehte mich zurück zum Fenster. Der Patient war stehengeblieben und blickte, die Hände im Rücken verschränkt, hoch in die Krone eines Baums. Hinter mir hörte ich, daß meine Mutter schluckte, vielleicht weinte sie auch. Ich wußte nicht, was sie von mir erwartete. Ich heftete meinen Blick auf die Badelatschen des Patienten und versuchte zu erkennen, ob sie blauweiße Streifen hatten oder nicht.

Und du?

Was meinst du?

Was ist mit dir?

Es tut mir leid, sagte ich nach einer Weile.

Was tut dir leid?

Ich schwieg.

Marko?

Ich schaute noch immer in den Garten, und auf einmal bemerkte ich in der verschmierten Scheibe den schattenhaften Umriß meines Spiegelbildes. Weiche, schnelle Schritte näherten sich, und gleich darauf kam ein älterer Herr ins Zimmer. Er trug den Kittel offen, darunter eine frisch gebügelte Jeans. Er war klein, drahtig und hatte einen kantigen Kopf. Er trat an das Bett, nahm die Hand meiner Mutter und sagte freundlich:

Guten Tag, wie kann ich Ihnen helfen.

Dann ließ er sich von ihr den Sachverhalt erklären, den er zweifellos schon von der Schwester kannte. Einen Klemmblock im Arm, stand sie einen Meter hinter ihm und lächelte mir zu.

Wir werden gleich eine Magenspiegelung machen, und dann wissen wir Bescheid. Wir schieben einen Schlauch mit einer winzigen Kamera durch Ihre Speiseröhre und sehen uns da unten um.

Kaum hatte der Arzt zu Ende geredet, stemmte sich meine Mutter ihm entgegen. Sie starrte ihn an wie ein Kind, das seinen Vater anfleht, ihm nicht weh zu tun. Ihre Augen bettelten, und zugleich war in ihnen eine hoffnungslose Mattheit, da sie wußte, daß ihr Bitten umsonst sein würde. Ich war so erschrocken darüber, daß ich mich wegdrehte. Die Schwester berührte mich am Arm und sagte:

Kommen Sie, draußen gibt es Kaffee, es wird etwas dauern.

Ich hörte, wie der Arzt versuchte, meine Mutter zu besänftigen, während mich die Hand der Schwester aus dem Raum dirigierte. Wir gingen einen Flur entlang, an dessen Ende ein Kaffeeautomat stand. Die Schwester kramte in der Außentasche ihres Kittels nach Kleingeld und fragte:

Milch oder Zucker?

Beides, sagte ich.

Eine Minute später saßen wir in einer Nische auf harten Plastikstühlen. Ich hatte die Ellbogen auf die Knie gestützt, hielt den heißen Becher zwischen Daumen und Zeigefinger und blies in die schaumige Brühe. Die Schwester trank nichts. Sie hatte ihre Beine übereinandergeschlagen, und ich betrachtete ihren in der Luft wippenden Fuß, am gebräunten Spann hing eine Sandale. Mir war, als ob wir uns schon lange kannten.

Machen Sie sich um Ihre Mutter nicht so viele Sorgen, sagte sie. Bei solchen Sachen weiß man nie, aber wahrscheinlich ist es ein harmloses Geschwür.

Die Schwester erhob sich und verschwand hinter einer Glastür direkt neben dem Kaffeeautomaten. Innere Medizin. Zutritt nur für Befugte, stand auf der mattierten Scheibe. Dann wurde das Bild schwarz.
Meine Mutter hat aufgeschaut. Als sich unsere Blicke über Panajotis' Leichnam begegnen, sehe ich beschämt zu Boden.
Nach dem Gottesdienst verläßt die Familie als erstes die Kirche. Wir stehen auf dem Vorplatz, um die Kondulationen entgegenzunehmen. Trauergäste schütteln mir die Hand und nuscheln Worte, die ich nicht verstehe. In einem stillen Moment flüstert mir meine Mutter zu:

Wofür wollten mich deine Augen bestrafen?

Wovon redest du? frage ich, und sie lächelt, als wisse sie Bescheid.

Es war nicht schwer gewesen, Evi zu überreden.

Komm, sagte ich.

Evi war schon bis zu den Knöcheln im Wasser, als sie noch einmal stehenblieb.

Komm schon. Niemand wird etwas merken. Wir sind zurück, bevor sie aufwachen.

Es war halb drei, die anderen hatten sich gerade zum Mittagsschlaf hingelegt, vor uns lagen über zwei Stunden. Evi raffte das T-Shirt am Bauch, damit es nicht naß wurde. Ich half ihr ins Motorboot und schwang mich hinterher. Auf der Rückbank lagen Wasserskier und Flossen. Ich nahm das Paddel, stieß es in den weichen Grund und drückte uns vom Ufer weg. Evi saß an der Spitze des Bootes und schaute mir beim Paddeln zu. Das Meer war spiegelglatt und plätscherte friedlich.

Kannst du überhaupt steuern?

Klar, sagte ich.

Ich hatte oft neben Makis gesessen und beherrschte die Handgriffe im Schlaf. Evi drehte sich um. Die Insel wirkte näher, als sie war. Ich glaubte, auf dem Felsen einzelne Bäume erkennen zu können, sogar den kleinen Sandstrand meinte ich zu sehen. Als wir die schützende Sichel der

Bucht verlassen hatten, rutschte Evi von der Bugfläche und setzte sich neben mich. Der Motor sprang sofort an und gurgelte vor sich hin. Ich hielt das kleine Lenkrad fest in der Hand.

Kann's losgehen?

Evi nickte. Ich drückte den Gashebel nach vorn, und die Spitze der Evdokia II hob sich aus dem Wasser. Das Lenkrad vibrierte. Die Luft an den Schläfen war kühl. Schnell glitten wir durchs Wasser, aber die Insel kam nicht näher. Evi stand auf, nahm ihren Strohhut vom Kopf und stemmte sich in den Fahrtwind. Das Gesicht in der Sonne, die Augen geschlossen, die Arme vor der Brust verschränkt, stand sie breitbeinig im Boot, und ich wäre gern der Wind gewesen, in den sie sich lehnte. Ich spürte das Pochen in der Handfläche, die auf dem schwarzen Gashebel lag, und blitzartig drückte ich ihn bis zum Anschlag durch. Der Motor dröhnte, der Bug stellte sich auf, und Evi fiel rückwärts in den Sitz. Ein langer, gleitender Satz, und der Kiel krachte auf die Meeresoberfläche. Evi, die jetzt zwischen Sitzbank und Armaturen eingeklemmt war, sah mich erschrocken an. Mein Gesicht war naß, und das Zittern des Lenkrads setzte sich fort bis in die Schultern.

Was sagst du? Du mußt lauter sprechen! Ich kann dich nicht verstehen, schrie ich, aber der Wind riß meine Worte davon.

Wenig später schaukelte das Boot vor der Insel. Evi hielt ihren Hut noch immer verkrampft im Schoß und starrte auf ihre Füße, die in einer Lache standen.

Hast du Angst gehabt? fragte ich.

Was glaubst du denn?

Es war doch nur Spaß.

Was für ein bescheuerter Spaß! schrie sie und rutschte tiefer in den Sitz.

Es war doch nur Spaß, Evi, wiederholte ich und warf einen Blick zurück.

Der Küstenstreifen hatte sich aufgefaltet, von Stratoni bis zum Vorsprung, hinter dem der Fluß Aliakmon ins Meer mündet. Links erstreckte sich der lange, flache Sandstrand, der bis nach Kandia reicht und an dem jeden Sommer VW-Busse mit deutschen Kennzeichen parkten, obwohl das Wildcampen hier verboten war. Rechts drängten sich die Berge bis ans Wasser, und in der Mitte lag unsere Bucht, die Dächer der Häuser zwei karminrote Flächen vor grünem Hintergrund. Weit und breit war kein anderes Boot zu sehen.

Es tut mir leid, ich bin selbst erschrocken, sagte ich, wirklich.

Evi schwieg.

Ich drehte mich wieder nach vorn und ließ eine Hand ins Wasser hängen. Das Meer war dunkel. Ich legte den Kopf an die Lehne und schloß die Augen. Ich stellte mir vor, wie meine Hand aus der Tiefe aussah, aus der Perspektive eines Hais.

Wollen wir jetzt auf die Insel oder was?

Die Insel war ein unbewohnter Felsen, dessen oberer Teil von dichten Sträuchern und ein paar Bäumen bewachsen war. Die steile Küste öffnete sich nur an der dem Festland zugewandten Seite zu einem schmalen Sandstrand, an dem am Wochenende manchmal Familien aus Kandia picknickten. Evi lag auf dem Bug und lotste mich durch die Untiefen. Auf den letzten Metern war das Wasser flach, ich ließ den Motor hochkippen, und mit einem Knirschen schob sich das Boot in den Sand.

Evi wollte gleich schnorcheln gehen und drückte mir ihr T-Shirt in die Hand. An seinem einen Ende war der Strand voller Wasserflaschen, Zigarettenschachteln und Plastiktüten, ich setzte mich auf die andere Seite in die Nähe eines Baums und sah Evi bei einem Felsen im Wasser, sah ihre Flossen, die kurz in der Luft standen, bevor sie ins Blaue hinabglitten. Dann tauchte ihr Kopf auf, eine Fontäne sprühte aus dem Schnorchel, und Evi tauchte wieder ab. Ich drehte mich auf den Bauch und legte die Wange in den Sand. Mein Atem blies Körner weg und bildete eine Kuhle, über die mein Auge fuhr. Es fuhr auch über all die anderen Mulden und Hügel, und in der unteren Ecke meines Blickfelds erschien eine Ameise und zog mühelos einen Halm eine Steigung hinauf. Kurz verharrte sie auf dem Kamm und verschwand dann auf der anderen Seite, ohne eine Spur zu hinterlassen.
Vor ein paar Jahren hatten drei Jungen auf der Insel gezeltet. Bei einer Klettertour war einer von einer Klippe ins flache Wasser gestürzt und hatte sich den Brustkorb aufgerissen. Glücklicherweise kam kurze Zeit später eine Yacht vorbei, und die anderen konnten sich bemerkbar machen. Als der Kapitän das viele Blut sah, wollte er den Verletzten nicht mitnehmen, weil er befürchtete, seine Sitze zu ruinieren. Er tat es erst, nachdem die anderen versprochen hatten, für die Reinigung des Bootes aufzukommen, so hatte mein Cousin Stéphane die Geschichte immer erzählt.
Ich mußte geschlafen haben, als sich Evi neben mir in den Sand fallen ließ. Sie keuchte und wrang ihr Haar aus, und dann stützte sie sich auf die Ellbogen und schob die Taucherbrille zwischen uns.

Guck mal, die kann man essen.

In der Brille lagen dunkelgraue Muscheln, keine geschlossenen Miesmuscheln, die wir am Strand manchmal brieten, sondern flache Schalen, die unter Wasser an den Felsen klebten. Evi tupfte einen Finger in die weiche, weiße Masse, dann führte sie eine Muschel zum Mund und schlürfte sie aus.

Die leben ja noch.

Das ist doch das Besondere.

Ich versuchte es auch, aber weil ich nicht stark genug gesaugt hatte, blieb die Masse mit einer Faser an der perlmuttfarbenen Innenseite haften, und ich mußte mit der Zunge nachhelfen. Der Glibber schwamm in meinem Mund, er schmeckte nach nichts. Dann schluckte ich ihn runter. Während Evi eine Muschel nach der nächsten verspeiste und die Schalen in den Sand warf, erzählte sie, daß es ihr Vater gewesen sei, der ihr das beigebracht habe.

Die Muscheln sind am Stein wie festgenagelt. Man kann sie nicht einfach abziehen. Man muß den Fingernagel zwischen Stein und Muschel schieben, dann lösen sie sich von allein. Mein Vater ißt sie noch unter Wasser. Er spuckt das Mundstück des Schnorchels aus, drückt die Muscheln gegen die Lippen und saugt. Es sieht komisch aus, so als würde er sie küssen.

Ich drückte meine Nase in die Kuhle zwischen Ober- und Unterarm und betrachtete Evi, die mit der Mahlzeit fertig war. Sie schob die Taucherbrille zur Seite und legte den Kopf in den Sand. Ihre Augen waren nicht mehr als zwei Handbreit von meinen entfernt. Ihre Mundwinkel verzogen sich, aber dann verschwand der Spott aus ihrem Gesicht, und wir sahen uns an. Ich spürte ihre Zehen an meinem Unterschenkel. Ich schloß die Augen und hörte das Geschrei der Zikaden, als hätte es erst in diesem Moment eingesetzt.

Es ist, als ob er aus zwei Personen besteht, sagte Evi. In der Praxis ist er ganz anders als zu Hause. Zu seinen Patienten ist er freundlich, zu dir doch auch, oder?
Anstatt zu antworten, machte ich die Augen auf. Evi hatte sich aufgestützt. Sie sah vor sich hin und ließ einen dünnen Sandstrahl aus ihrer Faust rieseln.

Manchmal, wenn niemand im Warteraum ist, schlüpfe ich in sein Behandlungszimmer und sage, daß ich einen Ausschlag am Hals habe. Dann sagt mein Vater: Junge Dame, wollen wir mal gucken. Ich lege den Kopf zur Seite, und er betastet meine Haut.
Sie öffnete die Faust und rieb mit den Fingern der Linken den an der Innenfläche klebenden Sandfilm weg.

Und beim Mittagessen kann er mir nicht mehr in die Augen sehen. Wir sitzen alle in der Küche, und keiner sagt etwas. Sobald er fertig ist, steht er auf und geht ins Schlafzimmer, um sich hinzulegen, und wenn er aufgewacht ist, wäscht er sich und geht zurück in die Praxis.
Evi sah mich an, dann blies sie mir ins Gesicht und sagte:

Ist auch egal.
Sie legte den Kopf in den Sand, schloß die Augen, und ich spürte wieder ihren Zeh an meinem Bein. Der Nagel strich über die schmale Stelle zwischen Ferse und Unterschenkel, als wollte er die Sehne durchtrennen.

Du, sag mal.
Evis Stimme war träge, als schliefe sie gleich ein, aber ich traute der Ruhe nicht.

Was soll ich sagen?

Nichts, schon gut.
Ich wartete, aber als Evi nicht mit der Sprache herausrückte, fragte ich:

Was willst du wissen?

Na ja. Ich wollte wissen, also, warum hat deine Mutter eigentlich nicht wieder geheiratet? Warum hat sie keinen Freund?

Ich schwieg, und sie sah mich an.

Ich meine, dein Vater ist doch schon ewig tot.

Ich konnte nichts sagen. In mir war es still. Ich lauschte in die Tiefe hinein, aber da war nichts zu hören. Meine Mutter sprach nie über meinen Vater, aber nicht mal das konnte ich jetzt sagen. Ich hätte das Schweigen zwischen mir und meiner Mutter verraten, und ich wäre eher gestorben, als das zu tun. Evi sah mich immer noch an. Ich schloß die Augen und hoffte, daß die Zeit die Frage zum Verschwinden bringen würde.

Hey, sag was. Du kannst doch nicht immer ausweichen, wenn ich von deinem Vater reden will.

Ich öffnete die Augen.

Ich weiche nicht aus, sagte ich.

Und dann berührte ich mit dem Finger ihre Lippen. Ich schob den Finger weiter, bis ich ihre Zähne spürte. Die Kuppe wanderte über den glatten Schmelz bis zur Bruchkante ihres Eckzahns.

Hat er dich geschlagen? fragte ich.

Was? Unsinn.

Natürlich hat er dich geschlagen, wie soll das mit dem Zahn sonst passiert sein?

Ich bin hingefallen. In der Schule, beim Sport.

Sie stieß meine Hand weg und setzte sich auf. Ich ließ meinen Blick über die leeren Muschelschalen wandern, die verstreut im Sand lagen. Dann drehte ich mich auf den Rücken und stützte mich auf die Ellbogen. Gischtschlieren schwammen auf den Wellen. Vom Festland her zog der Himmel zu. Im grauen Dunst, der wie ein Nebelfilm über dem Wasser lag, konnte ich unsere Bucht mit den zwei Häusern nicht erkennen. Wahrscheinlich hatte es dort schon zu regnen begonnen. Evi starrte vor sich hin. Ihr Haar war noch feucht und klebte am Kopf. Auf einmal dachte ich, daß die anderen unseren Ausflug längst bemerkt haben mußten.

Laß uns fahren, sagte ich.

Evi sah mich wütend an.

Es war keine Absicht, sagte sie, es ist nun mal passiert, und wenn du es jemandem sagst, bring ich dich um.

Im letzten Jahr war weiter im Norden der Mann einer entfernten Tante mit ihren zwei Kindern verunglückt. Der Vater war mit Sohn und Tochter am Abend zum Fischen aufgebrochen, es gab einen Sturm, das Boot kenterte, und die Leichen wurden erst Tage später nahe der türkischen Grenze an Land gespült, die tote Tochter noch im Arm ihres toten Vaters. Meine Mutter fing oft an zu weinen, wenn sie vom Schicksal dieser Unglückstante sprach. Ich sah die Wellen, die sich gegenseitig verschlangen, ich sah das Boot am Strand, dessen Heck sich hob und senkte, und hatte Angst.

Es hatte aufgehört zu regnen. Niemand sagte etwas. Onkel Makis, bis zu den Oberschenkeln im Wasser, sah mich nicht an, als er das Boot hielt, aus dem Evi und ich heraussprangen. Evis Vater kam uns auf dem Kies entgegen und packte Evi am Nacken. Im selben Augenblick griff jemand meinen Arm. Das Gesicht meiner Mutter war verquollen. Sie schubste mich den Strand hinauf. Tante Heinke, Stéphane und Katharina blickten uns hinterher, dann waren wir schon auf dem Pfad durchs Schilf, und die Halme kratzten über meine Unterschenkel. Meine Mutter ging schnell, und ich achtete auf die Steine, um nicht zu stolpern. Panajotis saß auf der oberen Terrasse im Schaukelstuhl, den Kopf an der Lehne, als hätte er von der Aufregung nichts mitbekommen. Meine Mutter riß die Tür auf, schob mich durch den Flur ins muffige Badezimmer und sagte:

Dusch!

Ich hörte, wie sie in das Zimmer ging, in dem Stéphane und ich schliefen. Dann zog ich die Badehose aus und griff nach dem Duschkopf. Ich drehte am Hahn und richtete den warmen Strahl auf die Wangen, die Lider, die Zunge. Anschließend trocknete ich mich mit einem roten Handtuch ab und wickelte es mir um die Hüften. Die Badehose lag zerknüllt auf den nassen, sandigen Kacheln. Ich wollte sie nicht anfassen und ließ sie liegen.

Dahin, sagte meine Mutter, als ich ins Zimmer trat.

Sie saß, mit dem Rücken an der Wand, auf meinem Bett und wies auf das von Stéphane. Ich ließ mich auf der Matratze nieder, die Beine ausgestreckt. Meine Mutter atmete schnell und sah mich nicht an.

Was hast du dir dabei gedacht?

Ich antwortete nicht.

Was du dir dabei gedacht hast, möchte ich wissen.

Über dem Kopf meiner Mutter gab es eine Nische in der Wand, in der meine T-Shirts lagen, daneben die Drei-Fragezeichen-Bücher mit den schwarzen Umschlägen.

Antworte gefälligst.

Ich hatte mir nichts dabei gedacht. Ich wollte mit Evi auf die Insel. Ich hatte sie gestern gefragt, und sie war begeistert gewesen von der Idee.

Nichts, sagte ich.

Nichts. Du hast dir also nichts gedacht?

Ich zog die Schulter hoch und ließ sie wieder fallen.

Du hast dir nichts gedacht, während du den Schlüssel vom Brett genommen hast, gar nichts, während du das Boot ins Wasser geschoben hast. Nichts!

Ich weiß nicht.

Lüg mich nicht an! schrie meine Mutter und guckte mich dann mit großen Augen an, über ihre eigene Wut erschrokken.

Im nächsten Augenblick fiel ihr Gesicht in sich zusammen, als würde sie in Sekunden altern, und plötzlich sah sie wie ein Kleinkind aus. Sie weinte. Sie hielt die Hände vors Gesicht. Ihre Schultern zitterten.

Meinst du etwa, es macht mir Spaß, dich anzuschreien? Das tut mir doch mehr weh als dir, sagte sie, während sie nach Luft schnappte. Gestern abend haben wir noch über die arme Fotini gesprochen, deren Kinder letztes Jahr bei einem Sturm ertrunken sind. Hast du das schon vergessen?

Nein, habe ich nicht.

Und dann fährst du am nächsten Tag in einen Sturm hinein. Hast du den Verstand verloren? Willst du dich umbringen?

Das Meer war ruhig, als wir losgefahren sind, sagte ich.

Deine Spitzfindigkeiten kannst du dir sparen, schrie sie, ihr hättet ertrinken können! Er-trin-ken! Hast du eine Sekunde an Evi gedacht oder an ihre Eltern? Oder an mich? Oder daran, daß wir schon genug Sorgen haben?

Wir waren doch nur auf der Insel, am Strand, wo wir immer mit Makis hinfahren.

Am Strand, wo wir immer mit Makis hinfahren, wiederholte sie. Dein Onkel kann mit einem Boot umgehen! Dein Onkel hat einen Führerschein! Dein Onkel ist Arzt!
Ich spürte, wie sich meine Mundwinkel zu einem Grinsen hoben, und ich sagte:

Ach, Makis hat doch keine Ahnung.
Meine Mutter sprang auf, war im nächsten Moment bei mir und schlug mir ins Gesicht.

Noch ein Wort gegen deinen Onkel, und ich reiß dir die Zunge raus!
Sie stand vor mir, die Hand erhoben. Ich grinste noch immer blöde vor mich hin. Im Gesicht spürte ich nichts. Ich wollte, daß sie mich noch einmal schlug und einfach ging, aber ich schwieg, weil ich wußte, daß sie dann wieder weinen würde. Von der Terrasse hörte ich die Stimmen von Heinke und Katharina. Sie sprachen leise, und ich konnte nichts verstehen. Meine Mutter setzte sich wieder aufs Bett. Ihre Füße ragten über den Rand der Matratze. Ich sah den Staub und die Hornhaut an ihren Fersen.

Marko?
Ich horchte auf die Stimmen von Heinke und Katharina, aber sie waren nicht mehr zu hören. Ich horchte auf die Brandung, als wäre sie nah.

Marko, du bist jetzt alt genug. Du bist kein Kind mehr. Ich möchte dich etwas fragen.
Meine Mutter atmete geräuschvoll ein.

Bist du in Evi verliebt? Guck mich an. Bist du in Evi verliebt?
Ich versuchte, sie anzusehen, aber es ging nicht. Mein Blick irrte umher, bis er an den Büchern hängenblieb. Ich hatte sie alle mehrmals gelesen, weil ich ihre Handlung, wenn ich

wollte, sofort, wenn ich das Buch zuklappte, wieder vergessen konnte.

Marko, guck mich an, wenn ich mit dir rede. Ich möchte nicht, daß du mich anlügst.

Ich lüge nicht, sagte ich.

Also gut. Auf der Insel, Evi und du, ihr wart doch auf der Insel, oder ist das eine Lüge?

Nein.

Gut, ich frage nur. Ich möchte nur sicher sein, daß du mich nicht anlügst. Das verstehst du doch, oder?

Ja.

Auf der Insel, ist da etwas passiert?

Jetzt sah ich sie an. Zwischen ihren Augenbrauen war ihre Haut schuppig.

Schau mir in die Augen, nicht zwischen die Brauen, richtig in die Augen, so ist es gut, und hör endlich auf, mit dem Oberkörper zu schaukeln. Ist auf der Insel etwas passiert?

Ich schüttelte den Kopf.

Was soll das bedeuten?

Ich schaute weg.

Was soll dein Kopfschütteln bedeuten?

Meine Mutter rieb mit der flachen Hand über das Laken, und winzige Sandkörner sprangen durch die Luft.

Ich frage, was dein Kopfschütteln zu bedeuten hat?

Ich sah ihre Fingernägel, die unlackiert waren. Plötzlich schlug ihre Hand auf die Matratze.

Herrgott noch mal, tu nicht so unschuldig, ich will wissen, ob du deine Maus bei ihr reingesteckt hast.

Nein!

Nicht?

Nein.

Auch nicht ein bißchen?

Nein.

Absolut sicher?

Ja.

Gut, das ist gut, sagte sie und ließ sich zurück an die Wand sinken.

Sie schloß die Augen. Sie sah müde aus, und ich versuchte, so leise wie möglich zu atmen. Nach einer Weile sah sie mich wieder an, anders als vorher, mit Sorge.

Du bist kein Kind mehr, Marko. Stimmt's, du bist doch kein Kind mehr, oder?

Nein, ich bin kein Kind mehr, sagte ich.

Gut, ich rede jetzt mit dir wie mit einem Erwachsenen.

Sie holte tief Luft. Dann wanderte ihr Blick durchs Zimmer, als wäre irgendwo das erste, das passende Wort versteckt.

Vielleicht bist du in Evi verliebt. Oder du wirst dich bald in sie verlieben und möchtest mit ihr zusammensein. Ich will dir etwas sagen. Wenn zwei Menschen zusammen sind, gibt es immer einen, der liebt, und einen, der lieben läßt. Einer ist immer abhängig. Du darfst nie der sein, der liebt, hörst du? Du mußt der Stärkere sein. Manchmal wirst du glauben, daß du ein Mädchen besonders magst, daß sie einzigartig ist, aber das ist nur ein Gefühl, und du darfst dich von Gefühlen nicht täuschen lassen. Niemand ist etwas Besonderes, niemand ist einzigartig, jeden kann man austauschen.

Meine Mutter machte eine Pause. Ihre Hand auf dem Laken sah aus, als gehörte sie nicht zu ihr.

Hast du verstanden, was ich gesagt habe?

Ich nickte. Unter dem Gewicht ihrer Sätze gab mein Widerstand nach wie trockenes Unterholz.

Meine Mutter lächelte.

In drei, vier Jahren wirst du mich verstehen, Marko. Ich will doch nur, daß du dich schützen kannst, will dir Schmerzen ersparen.

Ihre Hand tippte leicht auf die Matratze.

Komm mal her. Komm her zu mir.

Und ich stand auf und legte mich zu ihr, um sie zu trösten.

Die Prozession zieht lautlos dahin, und niemand ist auf der Straße, um den Zug zu beobachten. Vorneweg der schwarze Mercedes-Caravan mit dem Popen auf dem Beifahrersitz und dem Sarg. Dahinter meine Mutter, flankiert von ihren Brüdern, dann Heinke, Angeliki und ich. Hinter uns kämpft sich der alte Alexandros durch die Hitze, schnaufend und gestützt von seiner eleganten Begleitung. Es folgen die Psalmsänger, Sargträger und die Trauergemeinde, die auf dem Weg aus der Stadt weiter angewachsen ist, und den Schluß bilden die Jungen mit den Kränzen, die sie an langen Stangen stolz über ihren Köpfen tragen wie die weißblaue Fahne Griechenlands.

Früher standen am Stadtrand von Messara einfache Hütten und kleine Häuser, in denen Familien wohnten, die ihren Lebensunterhalt auf den Tabakfeldern und Obstplantagen verdienten. Später zogen deren Kinder nach Deutschland, Amerika oder Australien, und seit sie zu Geld gekommen sind, thronen hier mehrstöckige Villen, pompöse Beweise dafür, daß sich der Auszug in die Fremde gelohnt hat. Die Häuser sind in Pastelltönen gestrichen, lachsfarben und hellgrün, und mit zahlreichem antikisierenden Beiwerk versehen, Säulen im Eingangsbereich, Fenstergiebeln und

Friesen, in manchen Gärten stehen sogar Marmorstatuen. Die Kulisse wäre makellos, wäre da nicht hier und dort ein Haus, das wegen plötzlich auftretender finanzieller Engpässe des Bauherrn nicht fertig geworden ist und manchmal jahrelang im Rohbau vor sich hin wittert, Villen ohne Dächer und Fenster und Türen, durch die der Wind fährt. Meine Mutter hat über den neuen griechischen Stil zu bauen immer abfällig geredet, aber in Wahrheit findet sie ihn großartig, weil sich die Griechen, wie sie betont, damit endlich auf ihre klassischen Wurzeln besinnen, aus denen in ihren Augen Europa überhaupt erst hervorgehen konnte. Immer wieder sagt sie, daß Europa den Hellenen nicht den Respekt entgegenbringt, der ihnen durch ihre Rolle in der Geschichte eigentlich zukommt, weshalb es sie freut, daß sich jetzt immerhin die Griechen vor sich selbst verneigen. So redet meine Mutter, die an den Häusern der Exilgriechen nicht schlecht verdient.

Hinter den letzten Grundstücken, die von niedrigen Mauern umgeben sind, fängt das Brachland an, trockenes Gelände, auf dem nur Gestrüpp wächst und das weiter hinten in eine weizengelbe Hügellandschaft übergeht. Der Wind treibt Sand über die Straße, und ich kneife die Augen zusammen. Heinke nimmt plötzlich meinen Arm, neigt ihren Kopf, und die Krempe ihres Huts stößt gegen meinen Hals. Ich sehe die angespannten Schultern meiner Mutter direkt vor mir und würde gern meinen Arm um sie legen. Hinter mir schnauft Alexandros bei jedem Schritt.

Es ist nicht mehr weit, sagt die elegante Frau.

Und dann tauchen auch schon die ersten Gräber auf, rechts und links von der Straße, schwere Marmorplatten mit einem Aufsatz an der Stirnseite. In kleinen Nischen stehen Fotografien der Verstorbenen, und Blumenkränze aus Plastik hängen an den Kreuzen.

Der Leichenwagen hält an einer Zypresse, der Pope steigt aus und richtet den Kragen seines Umhangs. Die Träger ziehen den Sarg aus dem Heck, schultern ihn und schauen zum Popen. Niemand sagt etwas, der Wind rauscht in den Blättern der Zypresse, und während wir hier stehen, erlebe ich die Menschenmenge hinter mir als wogende Kraft, von der Stille notdürftig eingedämmt, spüre die Zeit, die sich in meinem Rücken staut und ballt und dann über mich und diesen Moment hinwegspringt. Ich sehe uns dort stehen, auf einem überbelichteten Schwarzweißbild, das es nie geben wird. In der Mitte meine Mutter mit dem verschlossenen Blick, ihre Brüder rechts und links und dahinter, in der zweiten Reihe, Heinke, das Gesicht im Schatten der Hutkrempe. Da bin auch ich, dunkle Haare, die meine Züge verdecken, und der Schädel mit den wirr abstehenden Löckchen, das muß Alexandros sein. Ich betrachte das Foto und streiche in Gedanken darüber, und auf einmal gerät alles in Bewegung. Der Pope stapft in das Gräberfeld hinein, ihm folgen die Sargträger, die in der Gasse zwischen den Gräbern schwanken unter der Last. Die Prozession löst sich auf, und alle stolpern zwischen den Grabsteinen dem Sarg hinterher. Ich werde nach vorn geschoben, Heinke drückt mir eine Rose in die Hand, und während ich mich der Grube nähere, ziehe ich aus der Innentasche meines Jacketts den Löffel, mit dem Evdokia früher, wie meine Mutter gesagt hat, Suppen kochte und den ich den ganzen Tag schon mit mir herumgetragen habe, um ihn mit dem Sand und der Blume in den Schacht zu werfen.

Und dann, viel schneller, als ich gedacht habe, ist alles vorbei. Der Pope hat seinen Segen gesprochen, die Psalmsänger haben ihre Psalmen genuschelt, die Sargträger stehen rauchend bei dem gelben Minibagger weiter hinten. Im Fahrerhäuschen wartet ein Mann darauf, die Grube wieder zuschütten zu dürfen, und betrachtet die drängelnden Trauergäste am Grab. Es liegt eine Hast in der Luft, jeder will etwas zu fassen kriegen, einen Eindruck von dem tiefen Schacht, eine Fingerspitzenberührung mit der Ewigkeit, und jeder wünscht sich so schnell wie möglich weg von diesem Ort, runter vom Marmorfeld, auf das die Sonne ohne Gnade niederbrennt. Es gibt keine Bäume, keine Schatten, keinen Schutz.

Ich lehne abseits an einem Grabstein, die Krawatte gelockert, das Jackett über dem Arm. Heinke und Makis sind schon auf dem Hauptweg, wie ein Alibi heben sich die paar Zypressen von den kargen Hügeln ab. Mein Blick gleitet über den Menschenzug, fortgesogen von den schwarzen Gestalten, die zurück nach Messara gehen, wandert umher, macht halt auf einem hellen Fleck, stellt ihn scharf, und ich erkenne Evi. Sie steht bei meiner Mutter, hält ihre Hand. Sie trägt ein schlichtes schwarzes Kleid und hat eine Sonnenbrille im Haar, so daß ihre Locken nicht ins Gesicht fallen, trotzdem kann ich es, da sie seitlich steht, kaum sehen. Ihr kleines Ohr mit dem goldenen Ring, die scharfe Linie ihres Kinns, der dünne Bogen der Braue. Ich finde, daß sie schlanker ist als beim letzten Mal, vor drei oder vier Jahren in einem Café in Saloniki. Damals hatte sie sich gerade von einem Freund getrennt, den sie auf einer Kykladeninsel kennengelernt hatte, arbeitete in einem Übersetzungsbüro, und wir hatten uns getroffen und eine halbe Stunde fast schweigend gegenübergesessen.

Daß sie zur Beerdigung kommen würde, hatte ich vermutet, doch als ich sie in der Kirche nicht entdeckte, war ich erleichtert. Jetzt, wenige Meter von ihr entfernt, merke ich, daß ich darauf gewartet habe, sie wiederzusehen, seit dem Anruf meiner Mutter und der Nachricht von Panajotis' Tod habe ich auf sie gewartet. Evi hält noch immer die Hand meiner Mutter. Die beiden stecken die Köpfe zusammen, als flüsterten sie, vielleicht haben sie sich aber auch geküßt, denn jetzt wendet meine Mutter sich ab, und während sie Richtung Straße davongeht, dreht Evi sich um, lächelt mich an, und dann kommt sie auf mich zu, mit wiegenden Schritten und einem Baby im Arm, das ich bis jetzt nicht bemerkt habe. Hinter ihr sehe ich einen Mann, auch er steuert auf mich zu. Er trägt eine beige Jeans und ein Hemd mit kurzen Ärmeln. Er ist etwas kleiner als Evi, stämmig, er sieht aus wie jemand, der sein Geld mit den Händen verdient. Mißtrauisch blickt er um sich, und mir ist klar, daß er nur auf dieser Beerdigung ist, um seiner Frau einen Gefallen zu tun. Ich stoße mich von dem Grabstein ab, schaue kurz auf meine verstaubten Schuhe, und kaum sehe ich wieder auf, steht Evi vor mir.

Hallo.

Wir geben uns die Hand, ihre Lippen berühren meine Wange, und ich habe den Geruch ihres Haars in der Nase. Dann tritt sie einen Schritt zurück und begutachtet mich.

Hallo, sage ich und entziehe ihr meine Hand.

Herzliches Beileid.

Danke. Er ist friedlich gestorben, ohne Schmerzen, in den Armen meiner Mutter.

Ich weiß, sagt Evi.

Herzliches Beileid.

Der Mann beugt sich vor. Er hat einen festen Händedruck und blickt mich an.

Darf ich vorstellen. Jannis, mein Mann. Marko aus Berlin.

Jannis und ich wechseln ein freundliches Lächeln, dann zieht er sich einen Schritt zurück, und während ich in Evis blitzende Augen schaue, spüre ich seinen Blick, der an mir hinunter- und wieder hinaufwandert. Sie hat wirklich stark abgenommen, denke ich. Die Schatten unter ihren Augen sind dunkler geworden.

Und das ist Litsa, mein Engel.

Ich beuge mich über das Baby, das in einem weißen Kleid steckt und ein weißes Käppchen trägt, und sofort rieche ich den süßlichen Duft, den Babys ausströmen. Evi schiebt ihrer Tochter das Käppchen aus der Stirn. Sie scheint zu schlafen.

Na, willst du Marko nicht guten Tag sagen?

Sie hebt das Kind etwas an, das aufgeschreckt die Lider öffnet und wieder sinken läßt.

Keine Lust. Bei der Hitze kein Wunder, sage ich und berühre mit dem Knöchel meines Zeigefingers Litsas Wange.

Dabei hat sie schon den ganzen Tag geschlafen, nicht wahr, den ganzen Tag, du Schlafmütze.

Evi drückt ihrer Tochter drei Küsse auf die Wange, die diese Störung mit einem gequälten Gesichtsausdruck quittiert.

Siehst sie nicht aus wie mein Vater?

Evi rückt näher heran, damit ich Litsa besser sehen kann. Ich gucke in das Gesicht ihrer Tochter, das mit seiner zerknautschten Stupsnase und dem sabbernden Mund den Eindruck macht, als wolle es in Ruhe gelassen werden.

Ist sie nicht ihrem Großvater wie aus dem Gesicht geschnitten?

Ich weiß nicht, sage ich.

Die Nase und die Mundwinkel, findest du nicht?

Laß doch, Evi, sagt Jannis und hält seiner Frau ein Taschentuch hin, aber Evi wischt den Speichel von Litsas Kinn mit dem Daumen ab.

Seid ihr eben erst gekommen? frage ich.

Ja, wir sind mit dem Auto gleich zum Friedhof, sagt sie auf deutsch.

Jannis stopft das Tuch wieder in die Vordertasche seiner Jeans und schaut zu Panajotis' Grab, vor dem jetzt die Jungen damit beschäftigt sind, die an Stangen montierten Kränze aufzutürmen. Sonst ist niemand mehr da, nur der Baggerfahrer. Er sitzt im Fahrerhäuschen und wird in wenigen Minuten den Sandberg in den Schacht schieben.

Es stört Jannis nicht, wenn wir Deutsch sprechen. Ich komme ja sonst nicht dazu, sagt Evi und sieht mich herausfordernd an, und dabei rutscht ihr rechtes Auge etwas nach außen, genau so, wie es früher immer nach außen gerutscht ist, wenn wir uns angesehen haben, und wie damals bin ich für einen Moment irritiert.

Machst du keine Übersetzungen mehr? frage ich.

Seitdem Litsa da ist, arbeite ich überhaupt nicht mehr, sagt sie und macht eine gewichtige Pause, als erwarte sie einen Einwand oder Widerspruch, und während ich noch nach der richtigen Antwort suche, fügt sie hinzu: Ja ja, ich weiß. Sehr griechisch. Der Mann arbeitet, und die Frau kümmert sich um das Kind. Aber ich fühle mich wohl dabei, sagt Evi und zwirbelt einen Finger um die Kordel, die von der Ohrklappe des Käppchens baumelt.

Ich hab doch gar nichts gesagt.

Jannis hat sich einige Schritte entfernt und die Daumen in die engen Taschen seiner Jeans gesteckt. Ich kann seinen kräftigen Rücken sehen und frage mich, was er beruflich macht. Entweder ist er Arbeiter oder Bauer. Auf jeden Fall hat der alte Prekas, fällt mir wieder ein, gegen die Verbindung gekämpft, sich dann aber ergeben und Evi als Mitgift eine Vierzimmerwohnung gekauft, in einer Gegend, die in den letzten Jahren vollständig saniert worden ist und vor allem bei jungen Leuten hoch im Kurs steht. Jannis betrachtet die aufgehäuften Kränze. Er hält den Kopf schräg und liest die Schriftzüge auf den mal weißen, mal gelben Schleifen.

Hast du Panajotis eigentlich noch gesehen? frage ich und blicke Evi an, die vor sich hin starrt und dabei ihre Lippen zu einem Strich zusammenpreßt.

Evi? Hast du Panajotis noch mal gesehen?

Als würde sie von weit her kommen, schaut sie auf.

Ich bin in den letzten Wochen mal dagewesen, um deine Mutter zu besuchen. Er hat nur noch geschlafen. Ich glaube, deine Mutter ist erleichtert, daß er endlich gestorben ist. Das Warten macht sie krank, hat sie gesagt.

Davon weiß ich nichts. Ich hatte vielmehr den Eindruck, daß sie aufgeblüht ist, weil Panajotis ihr endlich nicht mehr widersprochen hat und sie das Heft in die Hand nehmen konnte.

Evi sieht mich an, als hätte sie nicht verstanden, was ich sagen will. Dann blickt sie in das Gesicht ihrer Tochter.

Weißt du eigentlich, daß mein Vater uns eine Wohnung geschenkt hat? Wir sind noch dabei, sie einzurichten. Ich habe einmal mit deiner Mutter in der Tsimiski nach Möbeln und Vorhängen gesucht. Sie hat einen guten Geschmack. Ich glaube, es hat ihr gutgetan, mal aus dem kleinen Haus rauszukommen.

Evi tippt mit dem Finger auf Litsas Nasenspitze. Das kleine Gesicht verzieht sich zu einer Grimasse, und Evi hört auf, ihre Tochter zu ärgern.

Was ist mit dir, Marko?

Sie lächelt mich an. In ihren Zügen entdecke ich das gutmütige, still verzweifelte Gesicht ihrer Mutter.

Hast du wieder angefangen mit dem Studium?

Nein, ich arbeite noch immer als Kurier.

Und, macht's Spaß?

Mehr als das Studium, sage ich.

Evi nickt, als habe sie nicht richtig zugehört, und dann entsteht eine quälend lange Pause. Ich hefte meinen Blick auf Jannis, ohne ihn wirklich wahrzunehmen, und Evi guckt auf den staubigen Friedhofsboden oder auf ihre schlanken Zehen in den Sandalen, und auf einmal ist da eine Einsamkeit zwischen uns, die uns trennt und zugleich verbindet. Gleich wird Evi sich umwenden und ihrem Mann ein Lächeln schenken, und das wird das Zeichen sein. Er wird kommen, und sie werden sich verabschieden, und dann werden sie zu ihrem silberfarbenen Kleinwagen marschieren, der mit Sicherheit irgendwo in der Nähe parkt, und nach Saloniki fahren, denn daß sie noch zum Essen bleiben, kann ich mir nicht vorstellen.

Ich schaue in das Gesicht der schlafenden Litsa, die eine weiche Olivenhaut hat, genau wie Evi, und tatsächlich dem alten Prekas ähnlich sieht.

Und du hast jetzt also eine Familie, sage ich, und noch während die Worte meinen Mund verlassen, in einem verwundert-feststellenden Ton, wünsche ich mir, daß alles aufhört. Daß die Beerdigung aufhört. Daß der Baggerfahrer aufhört, in seinem winzigen Fahrerhäuschen zu warten. Daß Jannis aufhört, mißtrauisch in der Gegend herumzustehen, und daß ich aufhöre, überall Feinde zu vermuten.

Ja, ich habe jetzt eine Familie, sagt Evi und sieht mich kurz aus den Augenwinkeln an, bevor sie zu ihrem Mann schaut. Es ist sicherer, sagt sie.

Jannis steht noch immer vor den Kränzen, als hätte es die letzte Minute nicht gegeben.

Er hat Seiten, die ich nicht mag. Er ist jähzornig. Du bist doch auch jähzornig, oder?

Ihre großen braunen Augen sehen mich fragend an, als erwarte sie eine ernsthafte Antwort, einen Rat. Dann grinst sie.

Und was ist mit dir? Hast du eine Freundin?

Im Moment nicht.

Spielst immer noch den harten, einsamen Deutschen, was?

Keine Ahnung, sage ich.

Evi schaut zum Bagger, der angefangen hat, den Sand in das Grab zu schieben.

Ich habe gedacht, du hast dich verändert. Ich habe gedacht, vielleicht bist du weicher geworden.

Die Enttäuschung in ihrer Stimme macht mich müde.

Wieso hätte ich mich ändern sollen? frage ich.

Weil du älter wirst, ganz einfach, sagt Evi und winkt ihrem Mann.

Auch Jannis hebt den Arm, wahrscheinlich ist das ihr Zeichen, aber Jannis kommt nicht. Er geht vor einem Grab in die Hocke und betrachtet ein Foto in der Nische des Grabsteins.

Weißt du, was mich an euch Griechen so ärgert? Daß ihr glaubt, die Weisheit mit Löffeln gefressen zu haben. Daß ihr tatsächlich glaubt, alle müßten so sein wie ihr. Alle müßten so leben wie ihr, und die Welt sähe besser aus. Und diese Schwere, dieses Leiden, sage ich und starre in Litsas schlafendes Gesicht.

Evi beginnt, ihre Tochter hin und her zu wiegen. Eine Weile schweigen wir, dann sagt sie:

Wir müssen fahren. Jannis hat noch zu tun. Wenn du noch länger hier bist, würden wir uns über einen Besuch freuen. Deine Mutter hat ja unsere Nummer.

Sie beugt sich plötzlich vor und gibt mir einen schnellen Kuß auf den Mund. Und bevor ich noch etwas sagen kann, geht sie, Litsa im Arm, die Gräberreihe entlang zu ihrem Mann.

Auf dem Hauptweg dreht Jannis sich noch einmal um und ruft mir zu:

Wir sehen uns in Saloniki!

Ich hebe die Hand und nicke, und dann ziehe ich das Jakkett, das die ganze Zeit über meinem Arm gelegen hat, wieder an. Ich lehne mich an einen Grabstein, spüre die Kühle des Marmors durch den Stoff auf der Haut und beobachte, wie die Schaufel des Baggers den Sand auf Panajotis' Grab festklopft. Die Mulde zwischen meinen Schulterblättern ist hart wie Beton, und ich mache mit meinem Kopf winzige Bewegungen nach rechts und nach links, um meinen Nakken zu lockern.

Einfache Tische und Stühle, auf dem Boden dunkelgrüner Teppich. An der Wand hängt ein Kalender, der die schneebedeckten Gipfel einer Alpenlandschaft zeigt. Der Gemeinderaum könnte auch zu einer evangelischen Kirche in Hamburg gehören, denke ich. Ich schlängele mich zwischen den Trauergästen durch, die an den weißfurnierten Tischen sitzen oder in Grüppchen beisammenstehen, und nicke jedem zu, ein Verspäteter, der sich kurz vor Beginn der Vorstellung durch eine vollbesetzte Reihe quetscht. Ich sehe Makis und Heinke, und an der Stirnseite des Raums unterhält sich meine Mutter mit einer dürren Frau, an deren Gesicht ich mich dunkel erinnern kann. Meine Mutter lacht und spricht, wie sie mit Kunden spricht, interessiert und mit leichter, nie nachlassender Dominanz.
Ich arbeite mich zu einem der hinteren Tische vor, an dem Jorgos mit einem jungen Mann sitzt, dem ein auffallend großes Kreuz vor der Brust hängt. Ich kauere mich neben meinen Onkel hin.

Ich suche Alexandros. Weißt du, wo er ist? sage ich in die Rede des jungen Mannes hinein, der gerade davon berichtet hat, daß er Panajotis vor drei, vier Jahren beim Spaziergang im Park begegnet sei.

Alexandros ist schon weg. Gleich nach der Beerdigung. Wieso, wolltest du noch was von ihm?

Nein. Nur so. Na ja, ich wollte ihm noch etwas sagen.

Jorgos sieht mich an.

Ist mit dir alles klar?

Ja, warum?

Jorgos blickt zu dem jungen Mann, der mich neugierig betrachtet, und bevor einer von ihnen etwas sagen kann, stehe ich auf und bin schon wieder weg. Meine Mutter unterhält sich noch immer mit der dürren Bekannten, und ich suche mir eine freie Tischkante und lehne mich neben einen älteren Herrn, den ich noch nie gesehen habe und der, da bin ich mir sicher, nicht zur Familie gehört. Seine gebräunten Unterarme sind vor der Brust verschränkt, und er beachtet weder mich noch sonst einen der Trauergäste. Hinter mir sagt eine hohe Frauenstimme:

Panajotis war so ein guter Mensch!

Eine männliche Stimme erwidert:

Man darf nichts gegen ihn sagen. Er war immer bester Laune. Geduld und für die Haut Nivea!

Überraschtes Lachen.

Ach ja, Panajotis' Sätze.

Meine Mutter fuchtelt mit den Händen, als wolle sie ihrer Bekannten gerade eine Küche andrehen, und ich muß an Evi denken und an ihren Mann und ihre kleine Tochter. Ich versuche mir ihre Wohnung vorzustellen, in der Nähe des Hafens, bei deren Einrichtung meine Mutter geholfen hat. Schwere Vorhänge mit Blumenmuster im Kinderzimmer, offene Küche, vergrößerte Fenster. Nur eines hat meine Mutter nicht durchsetzen können. Auch in Evis Wohnung wollte sie eine Wand einreißen, um mehr Transparenz ins Haus zu

bringen, aber dafür hat Evis Vater, der alte Prekas, kein Geld ausgeben wollen. Und während ich mich frage, in welchen Farben und Möbeln und unter welchen Bildern Evi und ihr Mann die Abende verbringen, während ich mich frage, wie es wohl aussieht, dieses netzartige Gespinst aus Ritualen, Redewendungen, aus flüchtigen Berührungen, selbstverständlich gewordenen Abläufen, Phasen des Schweigens und des vertrauten Sprechens, zu dem hin und wieder auch die Lüge gehört, während ich mich also frage, wie sie lebt, tut sich in meinem Magen eine Leere auf, ein Gefühl von Öde zieht durch meine Brust, und ich denke, daß alles, was ich berühre, unter meinen Händen vertrocknet und zerfällt.
Plötzlich steht eine alte Frau mit einem Tablett vor mir. Sie ist ganz in Schwarz gekleidet und hat schütteres weißes Haar, durch das ihre Kopfhaut schimmert, und sie sieht mich aus kleinen, listig blitzenden Augen an. Auf dem Tablett befinden sich halbgefüllte Cognacgläser und Mokkatassen und kleine Schälchen mit dem Beerdigungsgebäck, das man Kolliwa nennt und das gereicht wird, damit die Sünden des Verstorbenen vergeben werden. Ich nehme ein paar von den Kügelchen und ein Cognacglas, und lächelnd sagt sie:

Leben für Sie.

Ich weiß nicht, was ich antworten soll, trinke den Cognac, stelle das Glas zurück, was nicht üblich zu sein scheint, denn verwundert sieht sie mich an. Ich lasse das mit Puderzucker überzogene Gebäck in meinem Mund verschwinden, kaue und schlucke mit Widerwillen das rohe, süße Menschenfleisch und warte, bis mein Nachbar das Tablett an sich hat vorbeiziehen lassen, ohne etwas von den Gaben anzurühren.

Was hat das zu bedeuten, warum reden alle in höchsten Tönen von Panajotis? frage ich.

Ich nehme an, weil es seine Beerdigung ist.

Der Mann wendet den Kopf und schaut mich an. Er hat ein breites, einfach geschnittenes Gesicht mit einer kleinen Narbe auf dem Kinn.

Wieso kennst du diese Dinge nicht? Bist du kein Grieche?

Ein halber. Ich lebe in Deutschland, sage ich, und er betrachtet mich ernst. Auch ich habe die Arme verschränkt und sehe ihn so harmlos wie möglich an.

Es ist der Versuch einer allerletzten Einflußnahme, sagt er.

Was für eine Einflußnahme?

Ich gebe mir Mühe, nicht zu grinsen, er soll nicht denken, daß ich mich über ihn lustig mache.

Es gibt die Vorstellung von Gut und Böse.

Davon habe ich schon gehört.

Er übergeht meinen ironischen Ton und sagt:

Wir Griechen glauben, daß Worte Einfluß auf die Taten eines Menschen haben. Gute Worte können schlechte Taten ausgleichen. Es ist wie auf einer Waage. Nur wenn das Gute überwiegt, kommt der Tote in den Himmel. Ich weiß nicht, was Panajotis für Fehler begangen hat, aber es wird welche geben, und diese Fehler sammeln sich und drücken die Waage in die falsche Richtung. Es geht jetzt darum, das Gewicht zu verlagern. Und das tut man, indem man nur Gutes über den Verstorbenen sagt.

Nehmen wir an, es wird ein Mörder beerdigt, der sein Leben lang alten Damen über die Straße geholfen hat. Auf seiner Beerdigung werden alle nur davon sprechen, was für ein freundlicher, hilfsbereiter Mensch er war. So in etwa?

Das ist ein sehr extremes Beispiel, aber letztlich verhalten sich die Dinge so, ja.
Wahrscheinlich beunruhigt ihn mein ungläubiges Lächeln, denn er beginnt, abwägend mit dem Kopf zu wakkeln.

Was geschehen ist, ist geschehen, sagt er. Jetzt geht es darum, alles dafür zu tun, daß der Verstorbene in den Himmel kommt, um ihm Schmerzen zu ersparen. Es ist eine Art Schadensbegrenzung.
Meine Mutter scheint gleich am Ziel zu sein. Sie ist ganz nah an die dürre Frau herangerückt und redet auf sie ein. Entweder zieht sie gleich einen Kaufvertrag aus der Tasche, oder sie hat Panajotis gerade in den Himmel gelobt, denke ich.

Kann man mit dieser Schadensbegrenzung schon zu Lebzeiten beginnen? frage ich.

Natürlich, indem man keine Sünden begeht.

Ich meine nicht bei sich, sondern bei anderen. Kann man, obwohl man weiß, daß jemand etwas Schlimmes getan hat, im nachhinein diese Tat ungültig machen, indem man sie verleugnet und kein schlechtes Wort auf den Menschen kommen läßt?

Zumindest wird die Tat dadurch, daß man sie verschweigt, weniger schlimm.

Aber die Tat verschwindet nicht?

Nein, nicht vollständig, sagt er, scheint aber unsicher.
Ich habe auf meine Schuhe geschaut, und als ich jetzt den Kopf hebe, ist die dürre Frau verschwunden, und bei meiner Mutter steht Heinke. Die beiden unterhalten sich wie zwei Damen auf einer Gartenparty, distanziert, als hätten sie sich eben erst kennengelernt.

Man muß an das Gute denken, sagt der Mann mehr zu sich als zu mir und dreht sein gemeißeltes Kinn wieder nach vorn.
Ich will ihm widersprechen, aber noch während ich über eine Antwort nachdenke, langweilt mich mein Versuch, ihm etwas zu beweisen. In Wahrheit habe ich beschlossen, daß ich ihn mag. Offenbar kennt er Panajotis nicht, sonst hätte er sich nicht auf das Gespräch eingelassen, sondern wäre, wie alle anderen auch, in das Lob des Verstorbenen eingefallen.

Marko?!
Jemand berührt mich am Arm, und schon werde ich auf die rechte und die linke Wange geküßt. Die dürre Frau sieht mich an wie jemand Vertrauten, den sie Jahre nicht gesehen hat.

Marko! Daß wenigstens du gekommen bist! Panajotis war so ein guter Mensch. Ihr kennt euch schon?
Sie berührt den Mann, mit dem ich mich bis eben unterhalten habe, am Rücken. Mir fällt auf, daß seine Arme wie Greifwerkzeuge von seinem Oberkörper abstehen.

Das ist Marko, Dimitras Sohn. Und das ist mein Mann.
Die Pranke des Mannes liegt plötzlich auf meiner Schulter.

Entschuldigung, ich wußte nicht, daß Panajotis dein Großvater war, ich hätte sonst nicht so gesprochen, sagt er.

Nein, nein, sage ich.
Ich schüttele den Kopf und merke, daß ich meine Hand auf seinen Arm lege, ich kann mich nicht dagegen wehren. Die Frau sieht mich erstaunt an, als erinnere sie mein Anblick an etwas. Neben dem Mann wirkt sie winzig, obwohl auch er nicht groß ist. Sie trägt ihr schwarzes Haar in einem strengen Knoten und hat trotz ihres Alters volle Lippen.

Zwischen Nase und Mund hat sie tiefeingegrabene Falten, die mich rühren. So stehen wir voreinander und schweigen, bis sich ihre Braue skeptisch hebt.

Du weißt gar nicht mehr, wer ich bin, nicht wahr?

Doch, natürlich, ich kann mich erinnern, nur –

Fotini, ich bin Fotini.

Und da begreife ich, daß sie die Frau ist, die vor langer Zeit ihre Kinder und ihren Mann bei einem Bootsunfall verloren hat. Sie ist die Unglückstante, die meine Mutter erwähnt, wann immer sie die Sorgen ihres eigenen Lebens zu relativieren sucht. Ich sehe in Fotinis schönes Gesicht, das Gesicht einer in Würde alternden Frau mit feinen Linien, und zum ersten Mal, seit ich mich gestern im Flugzeug für einige Minuten auf die Bordtoilette zurückgezogen habe, steigen mir Tränen in die Augen.

Es tut mir leid, daß ich so gesprochen habe, sagt Fotinis Mann. Ich wußte nicht. Wirklich, es war taktlos.

Nein, nein, will ich wieder sagen, aber es kommt nur ein ersticktes Krächzen, und ich lasse zu, daß der Mann mich umarmt.

Es ist Makis' Wunsch gewesen, daß wir das Totenmahl im Restaurant in der Nähe des Kreisels zu uns nehmen, weil es einem alten Freund gehört. Als wir den abgedunkelten, schlauchartigen Raum betreten, will ich mich eigentlich ans hintere Ende der Tafel setzen, zu Jorgos und Heinke, aber meine Mutter sagt, daß sie mich neben sich haben möchte, und ich tue ihr den Gefallen, obwohl mir ihre Nähe unangenehm ist. Der Besitzer, ein etwas schmieriger Mann mit weißer Schürze, bedient persönlich. Ständig tritt er mit Tellern zu uns in den Raum, und immer wieder steht er hinter Makis, die Hände auf dessen Schultern, und fragt:

Alles klar? Sind alle versorgt?

Fotini sitzt mir gegenüber, und seit ich weiß, daß sie die Unglückstante ist, die ihre ganze Familie bei einem Bootsunfall verloren hat, hat sich die Leere in meiner Magengegend zu einem zehrenden schwarzen Loch ausgedehnt. Fotinis Ausgelassenheit im Gemeinderaum ist einem bedrückten Schweigen gewichen, und ich hätte gerne etwas Aufmunterndes zu ihr gesagt, aber während wir den Fisch und den Reis und die Oliven essen, redet ihr Mann ununterbrochen auf meine Mutter ein. Es geht um den Umbau des Flughafens von Saloniki, und Fotinis Mann betont, daß er kein Angestellter, sondern selbständig sei, doch womit sich seine Firma beschäftigt, verrät er nicht, oder ich habe es überhört. Meiner Mutter fällt es schwer, nicht von ihrer eigenen Firma zu sprechen, aber sie kann sich beherrschen und begnügt sich mit Einwürfen über den neuen Athener Flughafen, der, wenn überhaupt, nur mit Hilfe deutscher Firmen jemals fertiggestellt und in Betrieb genommen werden wird, sagt sie. Das Thema scheint Fotinis Mann, dessen Namen ich noch immer nicht weiß, nicht zu behagen, denn unvermittelt wendet er sich mir zu und fragt:

Und Marko, womit schlägst du in Berlin die Zeit tot?

Er sieht mich an, und auf seinem kräftigen Kinn glänzt ein kleiner Tropfen Fett.

Ich bin Teilhaber eines Kurierdienstes, sage ich.

Teilhaber? Warum weiß ich das nicht? fragt meine Mutter überrascht.

Also auch selbständig, sagt Fotinis Mann und lächelt.

Wir sind zu dritt, sage ich. Erst war ich Fahrer, aber vor kurzem bin ich fest eingestiegen. Es ist nichts Besonderes, ich fahre mit einem alten VW durch die Stadt und bringe irgendwelche Dinge von einer Firma zur nächsten, weil der reguläre Postweg oft zu lange dauert. Es läuft gut, Berlin ist eine ungeduldige Stadt.

So ungeduldig wie Athen bestimmt nicht, sagt er und läßt ein Stück Wassermelone in seinem Mund verschwinden.

Ich sehe die Finger meiner Mutter eine Papierserviette knüllen, aber sie sagt nichts. Fotinis Mann legt die Hand auf den Nacken seiner Frau und reibt mit dem Daumen darüber, während Fotini auf ihren Teller schaut, als registriere sie weder unser Gespräch noch die Berührung ihres Mannes. Am anderen Ende der Tafel höre ich ein hohes Lachen, und ich sehe, daß Makis, der sein Jackett ausgezogen und die Hemdsärmel hochgekrempelt hat, dem Restaurantchef ein Zeichen gibt.

Die meisten Griechen sind selbständig, sagt Fotinis Mann. Alles andere paßt nicht zu uns. Wir können vor allem improvisieren. Du wirst das sehen, wenn du erst mal hier arbeitest.

Ich bin in Berlin ganz zufrieden, sage ich.

Früher oder später wirst du nach Griechenland kommen, du gehörst auf unsere Seite, sagt er.

Ich kenne dieses Spiel, seit ich zehn oder zwölf bin. Jeder griechische Taxifahrer will mich auf seine, auf unsere, auf die griechische Seite ziehen. Sie bemerken meinen Akzent. Wo kommst du her? Und schon geht es los. Wo gefällt es dir besser? Sag, was ist dein Land, Griechenland oder Deutschland? Für wen bist du, wenn die Fußballmannschaften gegeneinander antreten? Für wen würdest du im Krieg kämpfen? Und wehe, ich gebe die falsche Antwort. Tödlich beleidigte Mienen, düstere Blicke in den Rückspiegel, und dann, fast mit Verzweiflung in der Stimme: Aber warum denn? *Hier* steht doch die Akropolis. *Hier* hat doch alles angefangen! *Wir* sind doch der Ursprung!

Und woher weißt du, daß ich auf eure Seite gehöre? frage ich jetzt.

Kann ich nicht erklären, sagt er. Intuition. Eine Sache des Herzens.

So einen Unsinn habe ich ja noch nie gehört, sagt meine Mutter. Ich weiß nicht, womit Sie Ihre Zeit totschlagen, aber von Griechenland haben Sie keine Ahnung. Ich arbeite seit zwanzig Jahren sowohl in Deutschland als auch in Griechenland, und ich kann Ihnen versichern, daß die Griechen nur genial sind, wenn es darum geht, Ausreden zu erfinden.

Meine Mutter legt ihre Hand auf meine.

Der Junge bleibt in Berlin, sagt sie.

Ich glaube, das ist ganz und gar meine Sache, sage ich, aber meine Mutter beachtet mich nicht.

Haben Sie jemals in einem anderen Land gearbeitet? fragt sie Fotinis Mann. In einem europäischen Land, meine ich. In Deutschland, Österreich, der Schweiz. Oder in Italien. Es ist ein Unterschied wie Tag und Nacht. Waren Sie überhaupt schon mal im Ausland, oder worüber reden wir hier eigentlich?

Wenn ich das wüßte, sagt er. Ich wollte Sie nicht verletzen. Ich wußte nicht, daß Sie so empfindlich sind.

Ich bin überhaupt nicht empfindlich. Ich ertrage es nur nicht, wenn Leute, die nie im Ausland gearbeitet haben, über den Stolz und die Improvisationskunst der Griechen schwadronieren.

Wahrscheinlich hat er es anders gemeint, sage ich, nehme noch einen Schluck Wein und schüttele auf diese Weise die Hand meiner Mutter ab.

Woher willst du das wissen? Du läßt dir ja von Wildfremden vorschreiben, was gut oder schlecht für dich ist.

Ich lasse mir von niemandem etwas vorschreiben, sage ich und umfasse das Weinglas mit beiden Händen. Außerdem, was soll das alles. In Deutschland erzählst du doch das Gegenteil. Wenn du in Deutschland bist, ist Griechenland für dich das Nonplusultra. Griechenland holt auf, das predigst du doch immer, ihr werdet alle sehen, in zehn Jahren blüht der Balkan wieder, und das arrogante Europa wird

sich noch wundern über das zu Unrecht belächelte Griechenland, das doch immer nur Opfer gewesen ist. Opfer der Türken, Opfer der Deutschen. Diesen Schwachsinn erzählst du, zumindest hast du ihn früher erzählt, wenn du deine deutschen Kunden nach Hause zitiert hast, um ihnen bei Kaffee und Kuchen Nachhilfe in Geschichte zu geben. Als dürften sie froh sein, daß du ihnen gnädigerweise das Haus einrichtest. Als könnten sie einen minimalen Hauch ihrer deutschen Schuld abtragen, wenn sie mit dir, also mit Griechenland, Geschäfte abschließen. Nie ein Wort zuviel über die Vergangenheit, aber dann bei Kaffee und Kuchen von den Verbrechen der Wehrmacht anfangen, nur um deine Kunden zu beschämen. Deine ewige Schuld- und Sühne-Inszenierung widert mich an, sage ich und starre auf das Glas, das meine zitternden Hände noch immer umschließt.
Als ich aufschaue, sehe ich, daß meine Mutter bleich geworden ist.

Natürlich, sage ich. Gleich kommen dir die Tränen. Was tut er mir an? Was habe ich für einen Sohn? Und das am Tag der Beerdigung meines Vaters.
Ich spüre einen Druck am Arm:

Marko, hör auf, wie redest du?
Ich wende den Kopf und sehe, daß Fotini mich entgeistert mustert.
Das war doch nicht schlimm, nicht wahr, sag, daß es nicht schlimm war. Jetzt ein bißchen Wasser ins Gesicht und den Scheitel nachgezogen, und dann gehst du wieder rein zu den Tanten und bist ein gutes Kind.
Ich blicke zum anderen Ende der Tafel, wo offenbar niemand etwas mitbekommen hat. Makis führt die Mokkatasse, die der Restaurantbesitzer gerade gebracht hat, zum

Mund, und Heinke, die immer noch ihren ausladenden Hut trägt, spricht quer über den Tisch mit einer Frau, die ich nicht kenne. Fotinis Mann hält mir ein Wasserglas hin, das ich ergreife und austrinke. Meine Wirbelsäule schmerzt.

Geht's wieder?

Ja, es geht, sage ich.

Der Restaurantbesitzer in seinem verschwitzten Hemd beugt sich über mich und verteilt die Tassen jetzt auch an uns. Als ich mich zur Seite wende, sehe ich, daß der Platz meiner Mutter leer ist. Meine Hand nimmt den winzigen Löffel und rührt im Kaffee. Ich starre auf den rötlichen Saft der Wassermelone auf meinem Teller, weder Fotini noch ihr Mann sagen etwas, und ich höre ihre Schluckgeräusche und das Klirren des Porzellans, wenn sie ihre Tassen zurückstellen. Dann öffnet sich die Tür neben der Küche, und meine Mutter kommt aus der Toilette. Sie geht an der Tafel entlang, die Handtasche baumelt an ihrer Schulter. Ihre Wangen sind gerötet. Sie setzt sich, ohne mich anzusehen, reibt die Handflächen aneinander und sagt:

Fotini, was machst du denn jetzt? Wo wohnt ihr eigentlich?

In diesem Augenblick erhebt sich Jorgos am anderen Ende der Tafel. Mit einem vagen Lächeln blickt er in die Runde, und als die Gespräche nicht verstummen, schlägt er mit dem Messer gegen ein Retsinaglas, was einen stumpfen Klang verursacht. Sofort wird es still, alle gucken ihn an, und ich höre meine Mutter murmeln:

Jetzt fängt der auch noch an.

Jaaaa, sagt Jorgos, als würde er geräuschvoll ausatmen, dann blickt er wieder in die Runde.

Selbst der Restaurantbesitzer ist jetzt still, und in dem Moment, in dem sein Gehilfe in der Küche verschwindet, hört auch das Klappern der Teller auf. Alle Augen sind auf Jorgos gerichtet.

Ich will nicht viele Worte verlieren. Ich möchte euch danken, daß ihr gekommen seid, um mit uns von Panajotis Abschied zu nehmen.
Er senkt für einen Moment den Blick, hebt ihn dann wieder.

Panajotis liegt jetzt auf dem Friedhof, nur ein paar Schritte von Evdokia, seiner Frau, entfernt, die, wenn ich mich nicht irre, vor dreißig Jahren und fünfundfünfzig Tagen beerdigt wurde. Die meisten werden sich an Evdokia erinnern, sie war eine kleine Frau mit einem zu kurzen Bein.
Jorgos macht eine Geste hin zu mir.

Nur Marko, Panajotis' Enkel, der Sohn von Dimitra, hat seine Großmutter leider nicht mehr kennengelernt. Panajotis ist vor langer Zeit nach Deutschland gegangen, er hat seine Frau hier in Messara zurückgelassen, und jetzt liegen beide auf demselben Friedhof, das ist schon eine seltsame Wendung der Dinge, sagt Jorgos und sieht nun Makis an, der ihm gegenübersitzt und mit einer Zigarettenschachtel spielt. Es ist jedenfalls schön, daß ihr alle da seid, daß alle Kinder von Panajotis gekommen sind und daß wenigstens ein Enkel dabei ist. Das ist gar nicht selbstverständlich. Vor zwanzig Jahren wäre ich wahrscheinlich der einzige aus der Familie gewesen, denn damals waren die Gräben tief, aber das ist zum Glück vorbei, und jetzt ist sogar Heinke gekommen.
Mit der Hand weist er auf meine Tante, als sei sie das Geburtstagskind. Sie hält den Kopf gesenkt.

Wie ihr alle wißt, hat Panajotis hier in Messara als junger Mann bei einem Stoffhändler gearbeitet, den alle nur den Türken nannten, weil er moslemische Vorfahren hatte. Panajotis hat sich im Laden um den Verkauf gekümmert, während der Türke viel im Hinterzimmer an seinem Schreibtisch saß. Nun, einmal im Monat ereignete sich im Stoffgeschäft ein kleines Schauspiel. Dann nämlich kam ein Pferdewagen vorgefahren, und ein älterer Herr stieg vom Kutschbock und stieß die Tür zum Laden auf. Im perfekt sitzenden Anzug stand er da, breitete die Arme aus und rief: Gesundheit und Freude euch allen!, als stünde er vor einem großen Publikum, aber bis auf die Kunden befanden sich meist nur Panajotis und eine Gehilfin im Laden. Dieser Herr war der für ganz Nordgriechenland zuständige Generalvertreter eines großen Nähmaschinenfabrikanten. Er versorgte alle Schneidereien mit Maschinen, und nebenher betrieb er ein Schneideratelier, nicht aus finanziellen Gründen, sondern zur Beschäftigung seiner Frau und seiner jüngsten Tochter. Um für diese Maßschneiderei Stoffe zu kaufen, kam er also einmal im Monat in den Laden, ging aber, nachdem er seinen Auftritt hatte, direkt ins Hinterzimmer, um mit dem Türken über Geschäftliches zu reden. Obwohl Panajotis die rechte Hand des Türken war, durfte er nie an diesen Gesprächen teilnehmen.

Jorgos schaut erwartungsvoll in die Runde.

Eines Tages aber streckte der Türke, kurz nachdem der Generalvertreter im Hinterzimmer verschwunden war, den Kopf aus der Tür und rief: Panajotis, komm her zu uns! Panajotis unterbrach seine Arbeit und ging ins Hinterzimmer. Der Generalvertreter saß am Schreibtisch des Türken und sah Panajotis prüfend an. Wie geht's? fragte er. Danke, gut, sagte Panajotis. Ich habe gehört, daß du ein Herz fürs

Geschäft und ein gutes Auge für Stoffe hast, sagte der Generalvertreter, und dann stellte er Panajotis Fragen über Seide, Leinen, Schurwolle und die Art ihrer Verarbeitung. Der Generalvertreter prüfte Panajotis, besser gesagt, er tat, als prüfte er ihn, denn seine Fragen waren leicht, und Panajotis hatte keine Schwierigkeiten, sie zu beantworten. Schließlich sagte der Generalvertreter: Wir feiern Samstag ein Fest, und ich würde mich freuen, wenn du uns durch deinen Besuch Ehre erweisen würdest.
Jorgos nimmt einen Schluck Wasser. Jetzt sieht ihn auch Heinke an, das Gesicht vor Überraschung seltsam verzerrt.

Also. Am besagten Samstag zog Panajotis seinen einzigen Anzug an und ging zusammen mit dem Türken zum Fest des Generalvertreters. Die halbe Stadt war gekommen, und im Hof des Hauses drehten sich sechs Zicklein über einem Feuer. Als Panajotis den Hof betrat, war das Fleisch der frisch gehäuteten Ziegen noch rosig. Als die Ziegen einige Stunden später goldbraun glänzten, war auch das Geschäft des Abends abgeschlossen: Panajotis würde Evdokia, die Tochter des Generalvertreters, heiraten, was der Generalvertreter der versammelten Festgesellschaft sogleich mitteilte. Evdokia war hübsch, aber sie humpelte, und von den ewigen Schmerzen hatte sie einen schiefen Mund. Ich glaube, der Generalvertreter hat lange Zeit gedacht, seine Tochter würde niemals heiraten, aber dann hat er den stillen Panajotis beim Türken entdeckt und darin eine Möglichkeit gesehen, die sich vielleicht nie wieder ergeben würde. Oft habe ich mich gefragt, wie es für Panajotis und Evdokia gewesen sein muß, sich auf diese Weise kennenzulernen, auf einem Fest, das nur zu diesem Zweck veranstaltet wurde. Was hat Panajotis gefühlt, als der Generalvertreter ihm von seiner Tochter erzählte? Was hat Evdokia gedacht, als Panajotis ihr vorgeführt wurde? Solche Dinge weiß man nicht, man weiß nie, was die eigenen Eltern bewegt hat. Ich erinnere mich allerdings an einen Streit der beiden in unserem Haus. Panajotis saß im Sessel, während Evdokia durchs Zimmer humpelte. Sie zerrte seine Hemden aus dem Schrank, riß seinen Anzug vom Bügel, trampelte auf ihm herum und schrie immer wieder: Du bist ein Nichts!

Jorgos faßt sich an die Stirn. Seine Fingerspitzen tasten über die Haut, als suchten sie einen Pickel oder eine schuppige Stelle. Als er weiterreden will, ruft meine Mutter:

Komm endlich auf den Punkt.

Jorgos blickt sie erstaunt an, dann lächelt er.

Ja, Dimitra hat recht. Meine Schwester hat mal wieder recht. Ich sollte euch nicht mit alten Geschichten langweilen. Laßt mich nur noch das sagen: So haben sich Evdokia und Panajotis also kennengelernt. Nach der Hochzeit kaufte der Generalvertreter den beiden unser altes Haus, das ihr alle kennt, das Haus, in dem Dimitra, Makis und ich geboren wurden und das damals aus einem einzigen großen Raum bestand. Der Generalvertreter hatte es durch Vermittlung des Türken gefunden. Es hatte einer türkischen Familie gehört, und nachdem sie während des Bevölkerungsaustauschs in die Nähe von Istanbul gezogen war, stand es leer. Er übergab es dem jungen Paar und sah damit seine Pflichten erfüllt. Vor einigen Jahren hat Panajotis mir das Haus überschrieben, und ich stehe hier, weil ich euch sagen will, daß ich beschlossen habe, es zu verkaufen.

Jorgos schaut in die Runde, als erwarte er Widerspruch, aber alle schweigen.

So, jetzt wißt ihr es. Ich wollte mich von euch verabschieden, denn wenn das Haus verkauft ist, werde ich sicher nicht mehr oft in Messara sein.

Am anderen Ende der Tafel flüstert ein Mann seiner Nachbarin etwas zu.

Kommt, laßt uns anstoßen! ruft Jorgos.

Er nimmt sein Weinglas, in dem nur noch ein kleiner Rest gelblich schimmert, und nach einem kurzen Zögern greifen auch die anderen nach ihren Gläsern, selbst meine Mutter, Makis und Heinke. Jorgos steht an der Tafel, hebt das Glas und sagt:

Auf Panajotis und Evdokia, und auf euch! Gesundheit, Durchsetzungskraft und Geduld!

Ja! Geduld und Durchsetzungskraft! wiederholen wir.

Und dann trinken alle, und noch bevor Jorgos sich wieder gesetzt hat, schlägt die Hand meiner Mutter auf den Tisch.

Das war wohl das Schlußwort!

Sie schiebt ihren Stuhl zurück und erhebt sich, und nach und nach stehen Fotini und ihr Mann und all die anderen auf, und das große Abschiednehmen beginnt.

Makis' Stimme ist bis auf den Hof zu hören. Jorgos wendet sich kurz um, als ich ins Zimmer komme, und meine Mutter streift mich mit einem Seitenblick. Sie hockt auf dem Bett, mit angezogenen Knien. Heinke sitzt am Tisch, weit im Stuhl zurückgelehnt, und betrachtet ihren Mann, der im Zimmer steht und schreit.

Das kann doch nicht wahr sein, sagt Jorgos. Die ganze Zeit ist dir das Haus egal gewesen.

Das stimmt nicht. Ich habe immer daran gehangen, außerdem geht es um etwas anderes. Du hättest uns früher informieren müssen. Das ist doch keine Art, so vor allen Leuten. Wieso hast du mich nicht gefragt? Wir hätten eine Lösung gefunden.

Ich will es verkaufen. Das ist die Lösung. Du kannst es ja haben, wenn du willst.

Ich will es aber nicht.

Dann kann ich dir auch nicht helfen. Unsere Spezialistin für Schönes Wohnen findet bestimmt einen Käufer.

Du kriegst mehr für das Grundstück, wenn du das Haus vorher abreißen läßt, sagt meine Mutter.

Was meinst du überhaupt dazu?

Makis sieht meine Mutter an.

Was weiß ich, sagt sie. Jorgos hat recht. Du hast dich nie für das Haus interessiert, und jetzt regst du dich auf.

Merkst auch du das endlich? fragt Heinke. Dein großer Bruder regt sich doch immer erst auf, wenn es zu spät ist. Nicht wahr, Makis, ist doch so.

Was bitte soll das jetzt?

Makis, das offene Hemd über der Hose, sieht sie verärgert an, und dann verzieht er das Gesicht und dreht ihr den Rücken zu. Jorgos hat den Schrank geöffnet und sucht nach irgend etwas in den Fächern.

Mach doch, was du willst, sagt Makis und zwängt sich an Heinke vorbei. Er geht in die Küche, reißt die klemmende Holztür auf und verschwindet hinaus in den Garten.

Absurd, flüstert Jorgos, während er einen Pullover in einer Plastiktüte verstaut.

Die ganze Zeit habe ich in der Tür zum Anbauzimmer gelehnt, und jetzt, während man Makis draußen über das Gerümpel und das Unkraut fluchen hört, fällt mein Blick auf das ewige Licht, das vor sich hin flackert. Früher konnte ich nicht glauben, daß die Flamme im offenen Glas niemals ausgeht, auch wenn Panajotis oder seine Freundinnen regelmäßig Öl nachfüllten. Diese winzige Flamme an diesem kurzen Docht in dem Retsinaglas! Ich hatte damals den Impuls, die Flamme auszublasen, und gleichzeitig wollte ich eine Hand um sie legen, um sie vor meinem eigenen Atem zu schützen.

Scheiße, verdammte! Scheiße! schreit Makis, und im selben Augenblick ist da ein Lärm, als donnerte ein Stein aufs Wellblechdach.

Heinke und meine Mutter springen auf und stürzen durch die Küche in den Garten.

Was ist passiert? Makis? Du bist ja voller Blut! Mein Gott, hast du Schmerzen?
Ich höre ein unterdrücktes Ächzen, und schon steht meine Mutter wieder in der Küche, sieht sich suchend um und rafft in Windeseile Tücher und Lappen zusammen und ist wieder draußen.

Er hat sich die Kante des Vordachs in den Kopf gerammt. Bis zum Knochen! ruft Heinke durch das kleine, vergitterte Fenster.
Jetzt erst falle ich aus meiner Starre, bin in drei Sätzen in der Küche und will raus, um zu helfen, aber ich komme nur bis zur Tür, weil meine Mutter mir den Weg versperrt. An ihr vorbei kann ich Makis sehen, der mit gekrümmtem Oberkörper auf dem schmalen Vorsprung steht. Auf seinem Unterhemd und auf seinen Händen ist Blut. Heinke drückt ihm ein Tuch auf den Kopf und macht Pscht, obwohl Makis keinen Ton von sich gibt.

Was kann ich tun? höre ich mich schreien, und meine Mutter fährt erschrocken herum, weil sie nicht bemerkt hat, daß ich hinter ihr stehe.

Du kannst ihn ins Krankenhaus fahren, sagt Heinke. Der Autoschlüssel ist in meiner Handtasche. Da ist auch ein Desinfektionsspray. Du mußt wühlen.

Sofort, sage ich, und einen Moment später habe ich den Autoschlüssel in der Hand und werfe meiner Mutter durch die Küche das Spray zu, und dann renne ich durch den Hof auf die Straße, um den Wagen vors Haus zu fahren.
Als ich wiederkomme, sitzt Makis am Küchentisch. Hinter ihm ist Heinke noch immer mit der Wunde beschäftigt, die jetzt offenbar weniger stark blutet. Meine Mutter entfernt mit einem feuchten Tuch das Blut von seiner Stirn. Neben

ihr wartet Angeliki, ein frisches weißes Hemd in den Händen.

Schöne Scheiße, was? sagt Makis und zwinkert mir zu.

Darauf bedacht, abruptes Bremsen, Gasgeben, Lenken und somit Erschütterungen zu vermeiden, steuere ich vorsichtig den Wagen. Wir fahren nicht über den Kreisel, sondern durch die Randbezirke zum Krankenhaus auf der anderen Seite der Stadt. Bei jeder Kurve oder Ampel und bei jedem entgegenkommenden Auto denke ich, daß Makis plötzlich Achtung! rufen wird, aber er bleibt ruhig, während er mir den Weg weist. Er trägt sein Hemd noch immer offen, so daß man das Unterhemd mit den Blutspritzern sieht und ihn, wenn er keine Anzughose trüge, für einen ramponierten Hausmeister halten könnte. Heinke hat ihm mit der Routine einer Arztgattin notdürftig ein voluminöses Stück Mull mit einem Pflaster auf die verklebten Strähnen gedrückt und ihm ein Tuch mitgegeben, mit dem er jetzt hin und wieder über die heiklen Stellen tupft, aber der Stoff bleibt weiß. Die Straßen sind wie ausgestorben, und im weichen Nachmittagslicht wirken selbst die einfachsten Häuschen, als wären sie für die Ewigkeit gebaut. Wir nehmen einen kurvenreichen Schleichweg, vorbei an Schuppen, verwaisten Baustellen, Lagerhallen, lassen eine stillgelegte Zementfabrik hinter uns, und irgendwann hinter einer Biegung taucht das Krankenhaus auf, glitzernd und mit Scheiben, die das Licht zurückwerfen.

Ich lenke den Wagen neben einen dunkelblauen Toyota auf dem sonst leeren Parkplatz. Wir steigen aus, Makis schlägt kraftvoll die Tür zu, und dann betritt er vor mir das Gebäude, geht auf das Anmeldungskabuff zu, und seine

Hemdschöße flattern beim Gehen wie die Schöße eines Kittels.

Ich muß genäht werden, wo ist der Bereitschaftsarzt?
Der alte Pförtner hinter der Scheibe murmelt etwas von einer Frau Doktor, die er eben noch gesehen habe, aber Makis hat sich schon abgewandt und geht in den einzigen Gang hinein. Unsere Schritte auf dem grauen PVC-Boden, das leise Glimmen der Leuchtstoffröhren. Die meisten Behandlungszimmer stehen offen. Regale, medizinische Apparate, Betten. Niemand ist zu sehen. Wir passieren eine Tür aus Milchglas, dahinter herrscht gedämpftes Licht, und am Ende des Korridors treffen wir auf eine Frau. Sie lehnt rauchend an der Wand und unterhält sich mit einem jungen Mann. Beide tragen grüne Kittel, und zwischen ihnen steht ein hüfthoher Kugelaschenbecher.

Sind Sie die Bereitschaftsärztin?
Die Frau wendet sich Makis mit einem Lächeln zu. Sie ist vielleicht Mitte Dreißig, und ihre Füße stecken in aus der Form geratenen Mokassins.

Ich habe eine Schnittwunde, ich muß genäht werden, sagt Makis. Ich bin selbst Arzt. In Deutschland.
Die Frau stößt sich von der Wand ab und wirft die Zigarette in den Aschenbecher.

Entschuldigung, sagt sie und gibt ihm die Hand. Am Kopf, nehme ich an. Kommen Sie gleich hier herein.
Nach ihrem Kollegen, offensichtlich ein Student oder Pfleger mit blondgefärbtem Stoppelhaar, betrete auch ich den Behandlungsraum, in dem ein älterer Mann, ebenfalls im Kittel, auf einem Stuhl am Fenster sitzt und sich sofort erhebt.

Der Herr ist Arzt in Deutschland und hat sich am Kopf verletzt, sagt die Ärztin.

Bleiben Sie ruhig sitzen, sagt Makis und lächelt sein gewinnendes Internistenlächeln, mit dem er normalerweise auf Patienten zugeht. Es ist nur ein kleiner Schnitt. Drei Stiche, und in fünf Minuten sind wir wieder weg.

Wir haben schon gedacht, heute passiert überhaupt nichts mehr, sagt der Mann und lehnt sich an die Fensterbank.

Makis lacht und sagt etwas, das ich nicht verstehe, während die Ärztin ihn auf einem Drehstuhl plaziert, der wie ein Klavierhocker aussieht. Dann wäscht sie sich die Hände und zieht Gummihandschuhe an.

Von wo in Deutschland kommen Sie her? fragt sie, während sie mit spitzen Fingern Heinkes Provisorium entfernt.

Hamburg. Ich habe da eine Praxis. Innere Medizin.

Hamburg ist schön, sagt die Ärztin auf deutsch.

Sie sprechen Deutsch?

Ich habe zwei Jahre in München studiert. Mein Vater lebte lange in Deutschland. Er war Professor in Berlin.

Wie heißt er, vielleicht kenne ich ihn?

Mavilis, sagt die Ärztin und reicht das verkrustete Mullzeug dem jungen Mann mit dem blonden Kurzhaar. Es ist unwahrscheinlich, daß Sie ihn kennen. Er ist schon Anfang der fünfziger Jahre nach Griechenland zurückgekehrt.

Die Ärztin begutachtet die Wunde und verzieht ihr Gesicht.

Wie haben Sie das denn angestellt?

Wellblechdach, sagt Makis.

Die Ärztin atmet geräuschvoll ein und desinfiziert die Wunde. Ich frage mich, wie ihr Vater in den vierziger Jahren Professor in Berlin gewesen sein kann. Sie ist auf keinen Fall älter als vierzig. Er muß ein Greis gewesen sein, als sie geboren wurde. Die Ärztin beginnt, mit einem Rasierer die Haare um die Wunde wegzuschaben.

Mach schon mal die Spritze fertig.

Nein, nein, keine Betäubung, sagt Makis. Einfach nur drei Stiche.

Er hebt die Hand und spreizt drei Finger.

Ohne Betäubung? Sie wollen keine Betäubung?

Die Ärztin starrt auf Makis' Hinterkopf, als spräche sie mit der Wunde.

Ich bin schmerzunempfindlich, keine Sorge.

Makis lächelt wie ein Buddha, was die Ärztin nicht sieht, weil sie hinter ihm steht. Sie dreht sich zu ihrem Kollegen am Fenster, der ratlos die Schultern hebt.

Nur drei Stiche, sagt Makis.

Drei Stiche, sagt die Ärztin und kratzt sich mit dem behandschuhten Mittelfinger im Nacken.

Wie Sie wollen.

Der Assistent reicht ihr die Instrumente, und als sie nach einem kurzen Zögern die Nadel durch die Kopfhaut zieht, dreht er sein Gesicht zum Fenster, durch das man eine weite, von kargen Bergen begrenzte Ebene sehen kann.

War es schlimm? fragt die Ärztin nach dem ersten Stich.

Nein, nein, sagt Makis mit lauter Stimme. Was haben Sie denn hier für Patienten?

Nicht viele, sagt der an der Fensterbank. Auto- und Motorradunfälle hauptsächlich.

Wie in Deutschland.

Überall das gleiche. Und Sie kommen aus Messara?

Ich bin hier geboren, sagt Makis.

Und machen jetzt Urlaub.

Ich habe heute meinen Vater beerdigt.

Für einen Moment ist es still.

Das tut mir leid, sagt die Ärztin leise, während sie den Faden strafft.

Der Kollege an der Fensterbank sagt gar nichts, und der Assistent schaut Makis an, als bestaune er ein seltenes Tier.

Ja, sagt mein Onkel.

Einfach nur ja. Seine Mundwinkel sind angespannt, und er ist blaß.

Nachdem die kleine Operation beendet ist, kann Makis seine Erleichterung nicht verbergen. Er bedankt sich überschwenglich bei der Ärztin und gibt ihr seine Karte, für den Fall, daß sie wieder einmal nach Hamburg kommen sollte. Dann schreitet er mit jugendlichen Schritten durch den Korridor, hält mir die Milchglastür auf, und bevor wir weitergehen, legt er die Hand auf meine Schulter. Obwohl ich auf seine Schritte achte, finden wir keinen gemeinsamen Rhythmus und stolpern linkisch nebeneinanderher. Auf den letzten Metern vor dem Anmeldungskabuff lege ich meine Hand um seine Taille, vermeide jedoch, daß sich unsere Hüften berühren.

Als wir am Pförtner vorbeikommen, hebt Makis seine freie Hand und grüßt ihn. Auf dem Vorplatz, in der Spätnachmittagshitze, holt er tief Luft, dann lösen wir uns voneinander. Makis geht einige Schritte über den Parkplatz, stemmt die Hände in die Hüften und betrachtet die weite, karge Fläche hinter dem Krankenhaus. Der neue Verband auf seinem Kopf sieht aus wie ein verrutschtes Faschingshütchen, denke ich. Er wendet sich um und blickt mich an. Ich warte darauf, daß er etwas sagt, nichts. Dann geht er zum Auto und steigt ein.

Ich setze zurück und nehme den Zubringer. Gerade als ich in den Schleichweg biegen will, sagt Makis:

Dreh noch mal um.

Verwundert schaue ich ihn an. Seine Miene ist unbewegt, er sieht müde aus. Ich weiß nicht, was er vorhat. Will er noch einmal zur Klinik, weil ihm plötzlich schlecht geworden ist? Anstatt nachzufragen, ziehe ich den Wagen herum und halte wieder auf den Parkplatz zu. Da zeigt Makis in die Landschaft. Steine, Geröll, hier und da ein vertrockneter Strauch.

Einfach geradeaus, sagt er.

Ich steuere am Krankenhausareal vorbei. Bald geht die Straße in eine Sandpiste über, die in die baumlose Steppe hineinführt. Ich werfe Makis einen Seitenblick zu, aber er reagiert nicht, sondern holt aus der Hemdtasche eine Pakkung Zigaretten hervor. Die Reifen wirbeln dichte Staubwolken auf, und wir rollen einige Minuten durch das Niemandsland. Der Gebirgszug am Horizont mit seiner gezackten Kammlinie sieht aus wie ein urzeitlicher Drache, der sich zum Sterben niedergelegt hat. Ich spüre, daß meine Hände auf dem Lenkrad einen feuchten Film hinterlassen.

Hier kannst du anhalten, sagt Makis endlich.

Mitten auf dem Weg?

Wird wohl niemanden stören.

Er führt die Zigarette zum ausgeklappten Aschenbecher, obwohl er sie eben erst angezündet hat. Ich halte an. Weiter hinten säumen ein paar Sträucher den Weg, und noch weiter entfernt, auf der rechten Seite, taucht aus dem Ocker ein dunkelgrüner Streifen auf, wahrscheinlich ein Tabakfeld. Nah beim Wagen liegen einige zugeknotete Plastiktüten mit leeren Bierdosen in einem Graben.

Ich wollte mit dir sprechen, sagt Makis.

Gut, sage ich und sehe ihn an.

Aus irgendeinem Grund bin ich sicher, daß er über Panajotis sprechen will, oder über meinen Vater. Über einen von beiden. Ich habe mit Makis noch nie über Panajotis oder meinen Vater gesprochen. Unsere Gespräche beschränkten sich auf das Notwendige, auf Organisatorisches. Willst du Wasserski fahren? Ja oder nein? Hast du noch Hunger? Möchtest du Wein oder Wasser? Später, als ich schon in Berlin wohnte, fragte er am Weihnachtstisch manchmal nach den Baustellen, Potsdamer Platz, Mercedes, Sony, und ich erzählte, was ich wußte, in so wenigen Worten wie möglich, um ihn nicht zu langweilen. Vor Jahren rief mich meine Cousine an, und nach den obligatorischen Begrüßungsfloskeln platzte es aus ihr heraus: Ich habe mit ihm geredet. Mit wem? fragte ich. Mit meinem Vater, ich habe mit ihm geredet! Worüber? fragte ich, weil ich nicht verstand, was sie meinte. Keine Ahnung, sagte sie, über Gefühle, über die Zukunft, über alles. Er hat auf dem Sofa gelegen und ferngesehen. Ich habe mich neben ihn gesetzt, und dann habe ich gesagt: Ich muß mit dir sprechen. Er hat gefragt: Worüber denn? Und ich habe geantwortet: Das weiß ich noch nicht. Und dann hat er den Fernseher ausgeschaltet, und wir haben geredet. Er ist ganz anders, völlig anders, als ich gedacht habe, sagte Katharina damals am Telefon, und vielleicht bin jetzt ich an der Reihe. Es ist der Tag der Beerdigung seines Vaters, und ich bin der einzige anwesende Enkel, und möglicherweise ist jetzt der Moment gekommen, in dem Makis mir etwas gibt, etwas weiterreicht, ein Erbe, eine Losung, ein Wissen. Ruhig warte ich ab.

Du darfst mich nicht mißverstehen, und wenn du nicht über dieses Thema reden willst, höre ich sofort auf.
Er zieht an der Zigarette, wobei sich zwei Grübchen auf seinen Wangen bilden. Mein Mund verformt sich zu einem schiefen Lächeln. Makis wirft mir einen kurzen Blick zu. Dann sieht er auf seinen Zeigefinger, mit dem er über einen Fleck im Stoff seiner Anzughose reibt.

Warum steigst du eigentlich nicht in das Geschäft deiner Mutter ein? Du könntest das Büro in Deutschland übernehmen.
Er blickt mich an.

Ihr könntet viel Geld verdienen, Dimitra und du. Sehr viel Geld.
Er räuspert sich, und als ich nicht antworte, sagt er:

Entschuldige, daß ich so offen zu dir spreche, aber dein Kurierjob in Berlin – das ist doch Quatsch. Wozu hast du so lange studiert? Da du schon nicht Anwalt werden willst, gibt es doch keinen Grund, deiner Mutter nicht zur Hand zu gehen.
Ich sehe in Makis' Augen, am oberen Rand meines Gesichtsfeldes schimmert weiß sein Verband. Ich spüre, wie in mir etwas nachgibt, eine Membran. Etwas preßt mich in den Schalensitz hinein. Er nimmt mich auf wie ein Schwamm.

Du kennst ja deine Mutter. Sie ist nicht so organisiert, wie sie tut. Sie ist geschäftstüchtig, aber irgendwie rauscht ihr das Geld durch die Finger. Wenn du da Ordnung reinbringst, was meinst du, sagt er.
Ich will Makis an den Schultern packen und schütteln, aber ich bin wie gelähmt. Ich erinnere mich an die Hand meiner Mutter, die auf die Matratze schlägt. Komm mal her, komm her zu mir, flüstert sie. Und dann liegen wir beiein-

ander, während draußen die Brandung rauscht. Ihre Hand an meinem Bauch, und ihr Atem streicht über meinen Nakken.

Marko, was sagst du dazu?

Was? Was sage ich wozu?

Na zu dem Vorschlag, deinen Kurierjob an den Nagel zu hängen und in das Geschäft deiner Mutter einzusteigen.
Ich drücke die Regler, die in die holzvertäfelte Ablage zwischen unseren Sitzen eingelassen sind, die Seitenfenster gleiten herunter, und augenblicklich bin ich umhüllt von einer schweren, angenehmen Hitze. Die Luft ist voller Gerüche, Benzin, Gummi, Thymian, und für einen Augenblick bin ich überzeugt, daß hinter den Bergen das Meer liegt.

Ehrlich gesagt, es ist eine beschissene Idee, aber ich weiß, was du meinst, sage ich.
Makis nickt.

Na ja, sagt er und schweigt.
Ich starte, und beim Wenden geraten die Hinterräder in den weichen Untergrund und wirbeln eine dichte, undurchsichtige Staubfahne auf. Ich lenke den Wagen in die Mitte der Piste, wo der Untergrund hart ist, und beschleunige. Wir rasen durch das Ödland, so wie Makis früher immer durch Jugoslawien gerast ist, über den sogenannten Autoput, im Mercedes-Caravan mit den drei Sitzreihen, in dem wir alle Platz hatten. Wir hörten griechische Schlagermusik, Makis überholte auch bei Gegenverkehr und schimpfte auf die türkischen Lastwagen. Ich liebte es, auf der hintersten, leicht erhöhten Sitzbank zu liegen. Ich sah durch das Seitenfenster in den Himmel und fühlte mich wie in der Koje eines Bootes, eines Rennbootes natürlich. Und immer, wenn irgend jemand etwas essen oder trinken wollte, griff

ich in die Kühlbox, die hinter der Lehne im Kofferraum stand, und reichte eine Getränkedose, ein gekochtes Ei oder ein belegtes Brötchen nach vorn.

Jetzt kommen wir am Krankenhaus vorbei, das im Abendlicht rötlich schimmert, und Makis schaut zum Pförtner, der rauchend auf dem leeren Parkplatz steht.

Da haben wir der Frau Doktor noch eine kleine Aufregung am Abend beschert, was, sagt er nach einer Weile und lacht.

In meinem Rücken ist es still. Das Haus ist leer. Selbst Angeliki wollte nicht bleiben und ist mit meiner Mutter und Jorgos nach Athen aufgebrochen, wo sie, wie sie sagte, ein paar Tage Urlaub machen will, bevor sie in ihr thessalisches Dorf zurückkehren wird. Ich sitze auf der breiten, gekalkten Mauer, die den Hof von dem der Nachbarin trennt, und kneife die Augen zusammen gegen die Sonne. Sie steht so niedrig, daß es nur wenige Minuten dauern wird, bis sie hinter dem Flachdach eines Apartmenthauses verschwunden ist.

Der Hof zu meiner Linken ähnelt dem von Panajotis. Zur Straße hin gibt es eine schlanke Metalltür mit einem Sichtgitter. Dort, wo bei uns das Toilettenhäuschen steht, blüht Oleander. Der Boden ist mit rötlichen Natursteinen bedeckt, deren Fugen weiß gestrichen sind. An der Mauer stehen bauchige Tontöpfe mit Hibiskus und Basilikum, und über den Hof ist eine Wäscheleine gespannt, an der ein geblümtes Tageskleid hängt. Schräg unter mir steht der Brunnen, wahrscheinlich wurde er noch während des Krieges gebaut. Den geschlossenen Fensterläden nach zu urteilen, ist die Nachbarin ausgegangen.

Aus einem der Neubauten in der Nähe wehen die jaulenden

Klänge griechischer Popmusik herüber. Hin und wieder rauscht ein Auto vorbei, und die Dachkante des Toilettenhäuschens leuchtet in der untergehenden Sonne wie eine Klinge.

Nachdem Makis und ich vom Krankenhaus zurückgekommen waren, saßen wir mit den anderen im Wohnzimmer und aßen Eis, das ich am Kreiselkiosk gekauft hatte. Jorgos trug seinen Anzug, und die gepackte Tasche stand neben seinem Stuhl. Er schien es eilig zu haben, das Haus zu verlassen. Heinke warf Makis mädchenhafte Blicke zu und strich ihm hin und wieder mit dem Zeigefinger über den Nacken. Meine Mutter schaute abwesend vor sich hin. Seit dem Streit im Restaurant hatten wir kein Wort gewechselt, ich wußte nicht, was ich noch hätte sagen sollen. Trauer schnürte mir den Hals zu, aber ich empfand keine Verantwortung mehr. Mir fiel auf, daß jemand die Tücher von den Spiegeln abgenommen hatte.
Ich stand auf und ging in den Hof. Ich öffnete den Hahn, wartete, bis das Wasser klar wurde, und hielt meine Handgelenke in den immer kälter werdenden Strahl. Aus dem Haus hörte ich Stühlerücken und Stimmen, und kurz darauf streckte Jorgos den Kopf aus der Tür und sagte:
Es ist Zeit, wir wollen fahren.
Ich bleibe hier, sagte ich.
Was?
Jorgos zog die Brauen zusammen, als hätte er nicht richtig verstanden.
Wie lange denn?
Woher soll ich das wissen.
Er schüttelte den Kopf und wartete, daß ich noch etwas

sagen würde, aber als ich schwieg, ging er ins Haus zurück. Das Fliegengitter klappte, und ich konnte hören, wie er im Zimmer sagte:

Marko will bleiben.

Aha, sagte jemand, es war meine Mutter, glaube ich. Niemand kam raus, um mich zu fragen, warum ich bleiben wollte. Es wunderte mich, daß ich nichts erklären mußte. Ich lehnte am Brunnen und wartete. Wenig später durchquerte Angeliki mit blauen Plastiksäcken den Hof, um sie in eine Mülltonne an der Straße zu werfen. Als sie wiederkam, schob sie mir einen Zettel zu, auf den sie eine Telefonnummer gekritzelt hatte. Sie blickte mich durch ihre dicken Brillengläser an und sagte:

Ich hoffe, wir hören voneinander.

Da erschien Jorgos, mit seiner Tasche.

Der Schlüssel liegt auf dem Nachttisch neben dem Telefon, sagte er.

Wir sahen uns an.

Wenn du Probleme mit der Wasserleitung in der Küche hast: Die Nachbarin weiß Bescheid.

Gut, sagte ich, und bevor ich ihn umarmen konnte, kamen auch die anderen in den Hof. Heinke trug ihren Hut nicht mehr, und ich küßte ihre Wange. Makis und ich gaben uns die Hand.

Schließlich, als sie schon draußen in den Autos saßen, kam meine Mutter. Sie stand auf der Stufe vor der Tür, und auch ich blieb stehen, wo ich war. Müdigkeit lag auf ihrem Gesicht, und ihre Augen sprangen über die körnige Oberfläche der Mauer, als suchten sie nach etwas, woran sie sich festhalten könnten.

Deine Selbstgerechtigkeit ist unerträglich, sagte sie, ging

die wenigen Schritte durch den Hof, und einen Augenblick später zog sie die Tür hinter sich ins Schloß, ohne sich noch einmal umgedreht zu haben.

Das Geräusch der Automotoren verklang.

Irgendwo schlug ein Fenster.

Dann war es still.

Ich danke der Prosawerkstatt des Literarischen Colloquiums Berlin für die Förderung der Arbeit an diesem Buch. Dem International Writers' and Translators' Centre of Rhodes danke ich für die Gastfreundschaft, Ursula Krechel, Holger Birkholz und Roland Koberg für die sorgfältige Lektüre. Herzlichen Dank auch an Maike Albath, Paul Bowman und Martin Ryzinski für ihre kluge Begleitung, Janni Chavakis für die Geschichte von der Beerdigung seines Großvaters, Michalis Papanikolaou für die Abende im Gorgonzola. Julian James und Peter Scior sei gedankt für die Zeit in der Kaiserin und alles, was danach kam. Mein besonderer Dank gilt Amely Haag, für ihre Anteilnahme, Liebe und Geduld.

A. S.

Nikos Kavvadias

Die Wache Roman

Nikos Kavvadias' Roman »Die Wache«, bereits 1954 auf griechisch erschienen, ist nicht nur ein Klassiker der Literatur, der in Deutschland viel zu lange auf seine Entdeckung warten mußte. Er ist außerdem einer der großartigsten, ehrlichsten und bewegendsten Schiffahrtsromane, die jemals geschrieben wurden. Und ein unvergeßliches Buch über Männer, die die Frauen lieben, ist es auch.

»Nach der Lektüre dieses großen Romans ist klar, daß ein bedeutender europäischer Autor endlich auch bei uns angekommen ist.« DIE WELT

»Ein bewegender, sehr authentischer Roman. Eine Entdeckung.« FRANKFURTER RUNDSCHAU

»Ein Nachtrag zur Weltliteratur!«
DIE WELTWOCHE

»Ein gewaltiges Buch, ein großer literarischer Wurf.« DER TAGESSPIEGEL

Aus dem Neugriechischen von Maria Petersen
296 Seiten, Gebunden, ISBN 3-8286-0168-5

Umschlaggestaltung: Ott + Stein, Berlin
Umschlagreproduktion: Mega-Satz-Service, Berlin
Buchgestaltung: (s) sans serif, Berlin
Satz: Greiner & Reichel, Köln
Gesetzt aus der Photina
Druck und Bindung: Clausen & Bosse, Leck
Printed in Germany 2002
ISBN 3-8286-0154-5